Tres maneras de decir adiós

VOCES / LITERATURA

COLECCIÓN VOCES / LITERATURA 356

Nuestro fondo editorial en www.paginasdeespuma.com

Clara Obligado, *Tres maneras de decir adiós*
Primera edición: marzo de 2024
Segunda edición: mayo de 2024

ISBN: 978-84-8393-346-6
Depósito legal: M-1054-2024
IBIC: FYB

© Clara Obligado, 2024
© Del diseño de cubierta: Julieta&Grekoff, 2024
    Arte textil: Silvana Rodríguez de Tramando Taller
    Retoque fotográfico: Manolo Yllera
    Ilustración: Julieta Obligado González
© De esta portada, maqueta y edición: Editorial Páginas de Espuma, S. L., 2024

Editorial Páginas de Espuma
Madera 3, 1.º izquierda
28004 Madrid

Teléfono: 91 522 72 51
Correo electrónico: info@paginasdeespuma.com

Impresión: Cofás

Impreso en España - Printed in Spain

Clara Obligado

Tres maneras de
decir adiós

PÁGINAS DE ESPUMA

ÍNDICE

¿Qué es un fantasma?, preguntó Stephen. Un hombre que se ha desvanecido hasta ser impalpable, por muerte, por ausencia, por cambio de costumbres.

James JOYCE, *Ulises*

*Dicen que no son tristes
las despedidas
decile al que te lo dijo
que se despida.*

Atahualpa YUPANQUI, «La huanchaqueña»

EL HÉROE

¿HABRÍAS VENIDO CONMIGO, te hubieras dejado arrastrar hasta este pueblo, donde nunca pasa nada? Te imagino harto del desorden, aburrido o nervioso ante una casa que padece mil demoras. Yo con el carpintero, el electricista, alguien que trabaje la piedra, una escuela para Nico.

Se deshacen las nubes y el verde musculoso de las encinas contrasta con la arcilla. Pueblos y amasijos de casas, achaparrados campanarios, alguna torre de vigía, el baile ingenuo del trigo. En lo alto, los buitres leonados custodian las rocas y sus cortes agudos.

Antes de dejar la ciudad hice mil llamadas y vengo con una carpeta llena de encargos. Bailan en el maletero las bolsas con la ropa del niño, esas deportivas con las que Nico casi duerme, los juguetes de los que no se separa. Por el retrovisor veo la dulce curva de su mejilla, el flequillo rubio. Aparece de pronto entre las aliagas un castillo, corre, se oculta, se agiganta, lo devora una curva. Las vías del tren y una carreterita que me guía hasta la entrada del pueblo, las naves, las eras, en la fuente, el canto del agua. Oigo las voces rudas de los albañiles, parece que discuten pero, en cuanto ven mi coche, continúan con sus tareas. Nico se ha dormido y tengo que bajarlo en brazos. Nadie me ayuda con las maletas.

Desde la casa se ve el campo y, sobre la loma, tierra pelada, una paridera. Son los vacíos que dejan los pastores, las calvas de un encinar que retrocede ante el paso inevitable de las majadas.

Mirando a la pared, donde estuvo la cocina, pondré el ordenador, no puedo escribir si hay belleza. Los antiguos dueños acercarían al fuego sus sillitas, como fantasmas brotan bajo la cal las huellas de los ahumados. Imagino a esta gente en los inviernos gélidos, el calor subiendo desde los animales hacinados en la planta de abajo. Hay dos alcobas ciegas que convertiré en un baño y, en la cámara, mi dormitorio. Techo abuhardillado, vigas soberbias, la memoria de la fruta acumulada, un tiempo que incluye a otro tiempo. Aún no conozco a los vecinos.

En mi cama vacía deseo tu piel.

¿Habrías venido?

Para hacer la compra tengo que bajar a la pequeña ciudad que rodea el castillo, aquí ni siquiera hay una panadería. Cuando regreso, sobre el mármol recién pulido, hay un sedum compacto como un puño. Detrás del tiesto, el dedo de una mujer vieja, detrás del dedo, una voz. La voz dictamina: lo estás dejando todo muy bien. Tardo en darme cuenta de que habla de la casa. Nunca cierro la puerta. ¿Será peligroso? La mujer lleva un sombrero de paja y debajo brillan sus ojitos cristalinos. Si no se moviera con tanta precisión, pensaría que es ciega.

–Has puesto un baño donde encontraron a la pobre Olalla.

Señala el baúl, que es lo único que he guardado de los antiguos propietarios, y dice, bajando la voz:

–Ahí siguen sus cosas.

De pronto parece recordar algo, salta de la banqueta con una agilidad inesperada, desaparece.

Comemos en silencio y paso la tarde entre maletas. Aunque es primavera, en el deleite de las noches hace frío. Construyo mi guarida bajo el edredón, leo y me adormezco. Un pájaro tañe, los grillos escanden la oscuridad, alrededor de la farola se atarean los murciélagos. Caigo en un sueño pesado. De pronto me sobresalto, extiendo la mano, me parece que estás. Son los piececillos de Nico contra mi espalda. Pobre hijo mío.

Me despierto con los golpes y desde la ventana descubro a Nico sentado entre los albañiles. El que parece el capataz le esconde en la mano algo que no alcanzo a ver y que el niño hunde en su puño. Sopla su flequillo rubio, los tiernos pies descalzos. Me alegra que converse con alguien y me decido a dar un paseo sola, hasta la fuente. Bajo el chorro de plata gira un pez, el agua refleja el olmo gigantesco de la plaza, que vierte su maraña de sombras sobre la casa más bonita. En el portal está sentada una mujer. Pañuelo negro, ropa de luto.

–Van a talarlo –dice–, como si le hablara al viento.

Apoyados contra la piedra, con los riñones calientes, los hombres cotillean sobre cualquiera que pasa. Soy la nueva vecina, digo, y todos estudian mi mano extendida como si no supieran qué hacer con ella. Por fin la vieja del portal susurra su nombre: Justina.

Señalo el olmo:

–Qué pena. ¿Es por los hongos?

–¿Y el niño? ¿Y el marido? –dicen los viejos–. Preguntan porque se aburren, en cuanto estoy por responderles cambian de tema.

A la hora de la siesta, Nico se acurruca contra mi cadera.

–¿Qué te han dado los obreros?

–Nada, mamá.

–¿Guardaste nada en el bolsillo?

Se pone rojo, está mintiendo.

–¿Me lees? –dice–, para distraerme.

Tenemos un pacto: si me deja tranquila con mis libros, cuando me lo pide levanto la voz y le pongo sonido a las letras, leo en alto lo que estoy leyendo y las palabras ruedan sobre los renglones, brincan los versos entre las vigas, hexámetros bajo el techo de paja que se anuncian con pífanos y tambores. Soy una aeda. Recito un fragmento de la *Odisea*.

Cuéntame, Musa, la historia del hombre de muchos caminos.

De pronto dice:

–¿Papá era Odiseo?

No sé qué responder, intento que no note que vacilo:

–Sí, Nico, papá era un héroe. Tú eres Telémaco, su hijo.

Apago la luz y canturreo llamando al sueño. Cuando por fin oigo su respiración acompasada pienso que soñará con tus batallas.

Nuestro hijo no necesitaba un héroe, sino un padre.

Lloro como si desaguara.

–Soy Telémaco.

–Mira al madrileño –contestan los albañiles, un poco azorados.

Nico entre hombres: broncíneas lanzas, mazas, peplos, cemento, palas, camisetas, sudor. Telémaco en pijama. Voy a recoger su habitación, cuando doblo su ropa algo cae y rebota y rueda.

Es una bala.

¿Una bala? ¿Le han dado una bala a mi hijo?

–Nico, ven aquí.

Abro la palma de mi mano y se la muestro, tartamudea. Furiosa lo tomo del brazo, subimos por el camino que lleva al cementerio. Estoy ofuscada, no sé si con el niño, con los obreros, conmigo misma o contigo. Entre las zarzas que nos arañan las piernas trepamos hacia la fuente vieja.

–Dime, Nico, de dónde la has sacado. Si me lo cuentas, no me voy a enfadar. El niño, con los puñitos apretados, libra una batalla, me mide. Somos rivales.

–Es un secreto.

Calibro si es mejor que confiese la verdad o que cumpla con la fidelidad a la tribu. Imagino que los albañiles le han dicho: «te la damos, pero no se lo cuentes a tu madre».

Una bandada de pájaros gira buscando dónde anidar. Recuerdo tu boca llena de sílabas y de cantos, golondrinas de mar sobrevolando territorios helados, de pronto me viene esa cabaña en mitad de la nieve donde, después de una pelea horrible, te pregunté si me mentías y tú saliste desnudo a la planicie para volver con un guijarro. Fue cuando aprendí que los pingüinos colocan una piedra ante la hembra elegida y acaricié la que me traías, su frío redondo, e insistí:

−¿Me eres fiel?

−No te defraudaré –susurraste, y yo preferí no indagar en esa frase esquiva.

¿Ha heredado Nico esa manera tuya de mentir? Silencioso, camina a mi lado.

Frente a la casa de Justina hay otra más sencilla, cubierta de flores, en la puerta está la vieja que me regaló el sedum. Nico intenta arrastrar una bolsa mientras ella parlotea y le da empujones en el hombro para que se mueva, por fin se lo sienta en las faldas, lo achucha, lo ayuda. El cucurucho de los rizos, la bata floreada, esas sandalias. Un anillo de oro con su piedra roja le amorcilla el dedo. Se sienta en mi cocina, me ofrece calabacines, cada tanto se golpea los muslos con énfasis y repite «bueno…», como si se fuera a marchar. Interpreto las elipsis y me ofrezco a mostrarle la casa, subimos a la recámara, estudia la bañera, se santigua varias veces y susurra: aquí encontraron a la pobre Olalla.

¿Quién será Olalla? Parece un nombre antiguo, en este pueblo todos son viejos, pero no lo comento en alto. Mañana te traigo más calabacines, dice entusiasmada. Antes de irse se da la vuelta: un día vengo y te preparo unas migas.

Así entró Paula en nuestras vidas.

Cada vez que salgo a la calle alguien me regala calabacines. He hecho mermelada de calabacín, tortilla de calabacín, calabacines rebozados, buñuelos de calabacín, crema de calabacín. Soy como un barco que achica un oleaje de calabacines. El niño pasa las tardes con Paula y por fin escribo algunas frases en mi cuaderno, las primeras desde que. Desde que.

Recuerdo un viaje a Colonia del Sacramento, frente a ese río marrón que roe las costas uruguayas. Patos volando alto, un cielo que parece retroceder. En esa tierra plana, donde las siluetas se dibujan con precisión, terminé mi primer libro. Era muy joven y redactaba con entusiasmo mientras tú, ya famoso, fotografiabas no me acuerdo qué. A veces, desde tu podio, descendías a mi manuscrito y hacías comentarios punzantes. La pasión bajo las mantas, y esa manera tuya de petardear los delicados refugios del afecto.

Por la tarde el vientre de las nubes se tiñe de rojo, un humo negro baila, se amontona, se empuja, regurgita ceniza, los helicópteros lanzan agua y me encogen el corazón, tizna las miradas el estupor de los viejos, las pavesas desdibujan el horizonte, con angustia fijan la vista en el fuego, aprietan los puños en los bolsillos. Miran, pero no hacen nada. Poco a poco aclara y el monte vomita un color de trigo seco. Tardan dos días en sofocar el incendio.

¿Cómo comienza un fuego? ¿Como el amor, con una chispa? ¿Te convertiste en brasas, tú también?

¿Eres cenizas?

La zona está llena de pueblos abandonados. Muy cerca hay uno con solo tres habitantes, madre y dos hijos, les dicen «los salvajes». Cuando pregunto por qué me cuentan que matan a los cerdos izándolos con una grúa y los hunden vivos en un caldero hirviente. Murmuran que son pirómanos, que duermen en la misma cama. Soy la que ha traído a un niño hasta aquí, la que dejó el piso del centro para superar este duelo. Qué otra cosa podría haber hecho, si estaba rota.

Leo en desorden, subrayo, tomo notas, escribo mi vida sin ti. Tú te sientas junto a la cama y me estudias. Llevas una camiseta con algún lema que no alcanzo a leer, los testículos te cuelgan como si fueras un mono.

—¿Has visto que podías estar sola?

—Sí —te contesto—. Pero siento que sin ti no existo.

—No seas tonta, soy yo el que no existe.

—¿Dónde está tu tumba? ¿Y tus pantalones?

—¿Una tumba? ¿Pantalones? ¿Y para qué los quiero? Siempre has sido terriblemente convencional.

No hay teléfono y recibo las llamadas en casa de una vecina. Me cobra dos monedas, me va a buscar y, por el mismo precio, se mete en todas mis conversaciones. Cuando paso junto a Justina veo sus brazos, es como si alguien hubiera limpiado sobre ellos un cepillo con restos de pintura. Me sigue con sus ojillos astutos. Paula se asoma, pero hace como que no la ve. ¿Cuándo van a poner el teléfono? ¡Hace seis años que estamos en la Unión Europea! «Mi Romual», dice Paula, con amoroso orgullo. Nico ayuda a quitar las flores secas de los geranios con Romualdo, va al huerto. A Romualdo le gusta leer y no se baña nunca. Lleva gorra, cuando se la quita, asoma su cráneo pálido como la cáscara de un huevo. Para que no deje la cama perdida, Paula extiende un pañuelo sobre la almohada. Según las leyes de la dieta sana, debe de estar muerto hace años porque no prueba la verdura, pero trepa a los árboles y pasa horas cavando. Dice que de joven tuvo un carro con una compañía de teatro ambulante. Como Lorca, le digo y, sonriendo, asiente. Cuando Paula come conmigo tuerce la boca si no le gusta lo que cocino, me da consejos, recetas, esconde regalos para Nico en su delantal. Ha encontrado en ellos unos abuelos. Los días pasan, y no hemos vuelto a mencionar la bala.

Anoche le leí a tu hijo ese canto en el que Odiseo baja a los infiernos. «¿Cómo es el Hades?», me preguntó, «¿Papá está allí?». Qué fácil es hundirnos en esa vieja historia. Le hablo de Telémaco, el hijo de Ulises, su perro Argos. De Penélope.

Me interrumpe.

–¿Tengo que salir a buscarlo?

Y enseguida:

–Necesito un perro, mamá.

¿Un perro? Tu hijo necesita una tumba inmóvil. Lo digo yo, que viajé contigo, que escribía en un bar, en una jaima, en hoteles de cinco estrellas, en lugares donde nos abrían la puerta criados con librea o un abanico de cucarachas a la fuga. Aquella pensión de Nazca sin puerta en el baño, las arañas escandiendo las esquinas como pianistas locas.

–Mira, hijo. La aurora, con sus rosáceos dedos.

De puntillas, Nico se asoma al ventanuco de mi habitación. Frente a mi casa hay un arbolito recién plantado que despunta sus primeros brotes. Su tronco de plata se bambolea casi con la brisa. Pienso en el futuro de sus hojas, en el verano tal vez tendrá flores. Plantar un árbol es siempre un acto de esperanza.

La naturaleza y tú.

¿Cuándo se pasa de la epopeya a la tragedia? La nostalgia del padre glorioso. Y también: la salvación por la belleza.

–Hagamos un pacto –le digo a Nico–: tú eres Telémaco, yo Penélope. Voy a aprender a tejer.

Dicen que aquí hubo un castro celta y que de allí llegaron las piedras con las que se levantó el pueblo, también las vigas portentosas que abruman mi techo. Una iglesita románica y esa casa pretenciosa remodelada por un vecino que se hizo rico en Cuba. Al jubilarse, algunos vuelven y presumen. Pueblos solitarios, torres árabes, murallas modestas, castillos desdentados. En uno vive un hombre que tiene un león. De una belleza pudorosa es el camino que lleva a la fuente vieja. No hay árboles, los ganaderos los han talado. En el horizonte azul, el Moncayo. Esta zona ha permanecido protegida por su pobreza. Al atardecer, las mujeres pasean juntas y conversan, con piernas poderosas trepan como cabras, recogen hierbas para guisar. Romualdo nos ha prevenido contra los jabalíes. Nos tendemos en las eras, bajo el rumor de las estrellas.

Tú y yo, acostados en una playa, señalando Tauro, cuando nos prometimos que cada vez que miráramos esa constelación pensaríamos el uno en el otro. Espié tu perfil apasionado en la oscuridad y tuve claro que me retorcerías el corazón.

Preservo el portón por donde entraba el ganado y, mientras cocino, el sol bailotea en la parra. Contigua a mi puerta está la casa de Teo, un viejecito que habla con metáforas.

Sale con un trozo de periódico y anuncia a quien lo quiera oír que va a «hacer el cuerpo». O dice: en tu casa sucedió una «peripésima». Está por contarme la historia de la pobre Olalla cuando alguien pasa y se esconde. Atesoro sus palabras, las apunto en mi cuaderno. Escribo hasta muy tarde y bajo a fumar. Teo y yo nos sentamos bajo el verdor de la parra, sobre el banco de piedra, hasta que nos ilumina el amanecer. Él se va al campo, yo a la cama.

Tienes una llamada, una llamada, una llamada, rueda la voz y como si la ciudad me regañara brota por el auricular una catarata de reproches, por qué te has aislado, no lo voy a permitir, e imagino a Brunilda tan valquiria, con su mata de pelo desbordante, contratos, traducciones, están interesadísimos, buenas noticias, presión, presión, más presión, amenazas, consuelo.

Los manuales de uso de electrodomésticos que traduzco no me colonizan la cabeza y Brunilda me incita para que vuelva a escribir, no podré aguantar mucho con mis ahorros y no voy a confesarle a mi agente que solo redacto este diario. Dice algo sobre un adelanto, así que le confieso dónde estoy y la imagino en su Volkswagen amarillo, esta noche estaré allí para cenar.

Brunilda vive en Madrid desde hace mucho. Adora España y todo lo español, piensa que es el mejor país del mundo, sazona este tópico con todos los tópicos posibles y, en este año de 1992, las Olimpíadas y las fiestas en torno al Descubrimiento de América parecen darle la razón. Para Brunilda somos EL SUR, así, con mayúsculas y, por ende, abiertos, acogedores, divertidos. No ve las nubes en el horizonte y por supuesto que no menciona Irak. Tampoco te menciona a ti.

Llega con un cargamento de regalos para Nico, una camiseta con el emblema de la Expo, botellas carísimas, bombones, un contrato para que escriba algo sobre la zona. Llega también con un acompañante mucho más joven que ella y casi albino que me tiende la mano como si yo fuera su bisabuela. Para Nico, Brunilda es la madre que le hubiera gustado tener, no esta melancólica madre suya. Se sienta sobre unas cajas y dice:

–No te preocupes –Aleksi no habla ni papa de castellano–. Ven, monín, y le hace un gesto de cariño como el que se le hace a un gato. Siempre te gustaron las historias difíciles, ¿no?

No sé si se refiere a mí, a Aleksi, a la casa, a ti, o a todo a la vez. Y empieza a ametrallarme con sus propuestas, que suelen comenzar con «¿No sería maravilloso que?» y que concluyen casi siempre con algo enredado. Cenamos sobre el mármol, engullimos las calorías que necesitamos para el resto de nuestra existencia y dejamos que la noche y su caricia entren por la ventana. Durante un rato, Aleksi bosteza pero, como Brunilda no se da por aludida, desaparece escaleras arriba y es muy tarde cuando terminamos la segunda botella. Cuando Brunilda sube por fin me llega del dormitorio el forcejo de una batalla campal. ¿Así era el sexo? Estoy desayunando y los veo regresar sudorosos, sonrientes, vestidos como si se hubieran perdido en una tienda de deportes. Se duchan juntos. Cuando baja, con el pelo chorreando, Brunilda me dice:

–Oye, tu baño tiene un rumor.

Teo se asoma y estudia a Brunilda, creo que nunca ha visto a una mujer así, se queda boquiabierto con la parra a sus espaldas, obstruyendo la luz hasta que le digo que pase, le sirvo café, excitadísimo lanza risitas bobaliconas que no vienen a cuento. También aparece Paula con los rulos. Como pretexto, un plato de rosquillas bajo el delantal.

–Me llevo al muchacho –dice–, después de la inspección de rutina. Mi Romual necesita otro hombre. Nico se hincha como un pavo y sale trotando.

Un rato más tarde veo desaparecer el Volkswagen, el albino y la melena de Brunilda. Agitando una mano, permanezco en el camino lacado por el sol, se levanta la brisa y me rodea una nube de vilanos. Pienso en lo que se siembra, en lo que crece, en lo que muere.

En lo que se va.

Nico y yo hemos inaugurado un idioma:

–Madre, ¿qué se te escapa del cerco de los dientes?

Responde la aeda (yo):

–Oye mis aladas palabras: ve a comunicarle a la diosa, la de los rizos de oro (Paula), que cenaremos con ella. Devuélvele la broncínea fuente en la que trajo las rosquillas. Y retornemos a nuestra morada, que es hora de que disfrutes de los vapores del baño. Vamos, chaval, andando.

Cuando pasamos frente al portal de Justina, Nico se esconde.

–¿Qué te pasa?

–Las manchas de los brazos –dice.

–Son pecas.

–Dice Paula que son manchas de sangre. Dice también que está muerta.

–Los viejos pierden la cabeza. No vuelvas a hablar así de esa pobre mujer.

Un pájaro lanza su canto opaco, cientos de polillas revolotean en torno a la luz. La primavera, que durante el día reparte colores, ennegrece las colinas, perfila la preñez de la luna, el volumen siniestro de las nubes. No hay que temerles a los muertos, me digo, son los vivos los que nos pueden dañar. Acurrucada bajo el edredón me estremezco y cierro los ojos, oigo brotar las hojas del ailanto.

Me despierta el temblor de los cristales, hombres que hacen vibrar sus sierras mecánicas amputan los brazos del gran árbol de la plaza. Encadenado, el olmo bambolea su cuerpo de titán. Con las manos en los bolsillos, Teo niega con la cabeza, como si no fuera el árbol, sino a él mismo a quien están mutilando. Justina ha desaparecido y los obreros, contentos con la tarea, se mojan la nuca en la fuente, secan sus manos en los fondillos. Le digo a Nico que con ese tronco podríamos hacer una nave para atravesar el proceloso ponto. Le digo también que Odiseo se habría subido a ella para regresar a casa.

Los hombres se han ido cuando un rumor cristalino invade el aire, por las acequias baja un atolondrado hilo de plata. Romualdo va hacia la acequia y, con un trapo, desvía el agua para su turno de riego. Teo mira el chorrillo y sacude la cabeza: «baja una lágrima y, no bien llega, se la ha bebido el sol».

Por la noche Nico no quiere irse a su cama, terminamos en la mía, cada uno con un libro.

–Eres mayor para dormir con mamá. ¿Acaso no tienes secretos, como un hombre?

Aprieta los labios, no habíamos vuelto a mencionar la bala. Se va a levantar, pero lo retengo.

–Una noche más.

Mete la cabecita bajo el ala de mi brazo.

–Léeme.

Y recita la aeda:

Esta es la condición de los muertos, el alma anda revoloteando como en un sueño.

Le acaricio el dédalo de las orejas:

–No te preocupes, papá vive en el Hades.

Para demostrarme que ya es mayor, Nico se ha dado un baño solo, el reguero de su ropa húmeda tirada por el suelo me guía a lo largo del pasillo, llega hasta su habitación; entro en el baño y en el espejo empañado lagrimea algo con muchos signos de admiración, me parece distinguir unas letras. ¿Desde cuándo sabe escribir? Voy a buscarlo al huerto. Veo a Romualdo que levanta la azada y le muestra cómo dejarla caer, el mango es más alto que nuestro hijo. Romual debe de tener más de ochenta años, pero se mantiene recto como una caña. Cuando Nico se aleja corriendo, le pregunto si Paula le está enseñando las letras.

–¿La Paula? –pregunta sorprendido–. La Paula no sabe escribir.

Se despide agitando una mano.

Y recuerdo.

Yo, agitando la mano, sin levantar la vista. Estaba escribiendo y no te besé. Un viaje más. Solo uno. ¿Por qué no te besé por última vez? ¿Por qué no te retuve?

Con qué pocas cosas te marchaste, pero me dejaste sin nada.

Un texto de Arreola: *La mujer que amé se ha convertido en fantasma. Yo soy el lugar de las apariciones.*

El hombre al que amé.

Paula me cuenta que la dejaban de noche sola con la majada, una pastora de la edad de mi hijo. El viento arañándole las piernas. ¿Pelo rubio y trenzas? Tal vez. Chaqueta raída, vestido con los bajos desgastados. ¿Lleva zapatos? Está sola y ha perdido un cabrito. ¿Había lobos? Qué frío.

–¿Naciste aquí?

–No. –Y sonríe como si le hubiera preguntado un disparate mientras señala el pueblo que, hace unas semanas, humeaba–. Nací allá. Nunca voy, solo se acerca el Teo a coger espárragos. Allí están enterrados mis muertos. Pero había que subir el agua desde el valle, todos los días, por eso la gente se marchó. Romualdo me trajo en burro.

Y lo dice como si hubiera sido un *sherpa* que la hizo descender desde el Himalaya.

–¿Teo también es de allá?

–Claro, mujer –dice Paula, y se golpea los muslos, riéndose a carcajadas–. ¡Si Teo es mi hermano!

En el macetero una spirea, una clemátide. Aquí los lilos se dan muy bien. Arbustos caducos para estos suelos calcáreos, que pierdan las hojas como yo te he perdido a ti. Tú no rebrotas. Relleno un hueco en la piedra y entierro el sedum. Estoy admirando mi obra cuando desde la ventana cae un grito, subo corriendo y encuentro a Nico desnudo en la bañera, tapándose los oídos, los párpados apretados. Intento separarle las manos. Lo envuelvo en una toalla y se abraza a mi cuello con tanta fuerza que tengo que arrancarlo para que no me ahogue. Fuera está cuajando una tormenta, las ramas del ailanto enloquecen, se borran los montes, las puertas y ventanas se golpean. Lo tiendo en la cama desnudo y se duerme en posición fetal, cada tanto tirita. Pienso en ti, en tus miedos súbitos, los ojos de pánico después de una pesadilla. ¿Se hereda el miedo? Rueda un trueno y luego se hace el silencio. Mansamente, empieza a llover.

Por la mañana encuentro a Nico mirando por la ventana, está más alto y delgado, como si la pesadilla lo hubiera hecho crecer. Su cuerpo tembloroso, su dulce olor a niño. Encoge los hombros, parece dar por terminado un diálogo invisible. Se da la vuelta y me mira, los ojos vacíos. De pronto sonríe, vuelve a ser él.

Cuando me tranquilizo salgo a dar un paseo y veo que el arbolito que estaba brotando frente a mi casa está moribundo, alguien ha echado lejía en la raíz. ¿Quién lo querrá matar? ¿Qué mal podría hacer su alegre presencia? Un mundo donde los árboles son enemigos.

Romualdo me recomienda unos carpinteros. Cargábamos puertas en las mulas, dice, atravesábamos la montaña.

–Tienen que ser muy viejos.

Todo es viejo en estos pueblos de pizarra. De la única casa que parece habitada asoman dos gemelos, deben de tener más de ochenta años, parecen ser los únicos habitantes del lugar. Gallinas perdidas cloqueando por ahí, alguna cabra despeluchada mastica las ramas bajas del árbol. Hablan mucho, en paralelo, sin escucharse, se superponen. Uno me cuenta que, durante la guerra, le tocó luchar en el bando republicano. El otro, con Franco.

–Si nosotros, que éramos los buenos, hacíamos lo que hacíamos, secretea, ¡qué no harían los rojos!

Dicen que en Castilla, si hay dos personas, hay dos sillas, no se espera al que viene de fuera, de modo que Nico y yo nos sentamos en los únicos asientos mientras los carpinteros permanecen de pie. Encargo una alacena, una ventana, una silla igual a la que estoy sentada, bonita e incómoda.

Estoy terminando una traducción cuando entra Paula a contarme que nos van a poner el teléfono y, desde la única tienda de electrodomésticos de la zona baja un comercial para ofrecer televisores. ¡Olimpíadas!, repite el vendedor con una sonrisa llena de dientes. Acepto el teléfono, pero, ante el asombro del comercial, rechazo el televisor. Sentada a la puerta de su casa, Justina tiene una sonrisa extraña, adivino en ella algo frío y brutal que asoma en cuanto se expone a la luz, en cambio, si se hunde en las sombras del portal, se vuelve frágil. Paula empieza a cruzar la plaza con un plato escondido bajo el delantal. Al verme frente a la casa de Justina, vacila, retrocede, se esfuma.

Por la tarde encontramos un gazapo herido, tiene un tiro en una pata y nos mira con sus ojitos suplicantes. Siento la precariedad de su vida y el bombear de ese corazón asustado, esconde la cabecita en mi palma e intenta succionar, las orejas lacias, pegadas al cráneo. Lo vendamos, lo ponemos en una caja que Nico recubre con su camiseta preferida, arrincona su oso de felpa junto al cuerpecillo del animal para que le dé calor, dormimos con el animalito junto a mi cama. Está saliendo el sol cuando lo oigo agitarse y pienso que tendremos que bajar al veterinario. Nico salta de la cama feliz y lo destapa. Está muerto.

La bala. El gazapo. Las manos manchadas de sangre de Justina, la pobre Olalla. Tu ausencia.

En mis sueños te han torturado, imagino tu corpachón de coloso retorciéndose, esa herida antigua que tenías en un hombro, la tierna cavidad del pecho, las venas de tu mano. No sé cuál fue tu final, no lo sabré nunca y me destroza, la imaginación es el pozo de los tormentos. Te compadeces. Caminas hacia mí y dices «no sabes cuánto he sufrido».

Antes de que mi precario equilibrio emocional se desmorone estrenaré el teléfono. Marco el número de Brunilda y de su contestador emerge su voz jovial: «Estoy de viaje. Volveré en cuanto vuelva».

Dicen que en el pueblo de los salvajes las ovejas están locas, así que avanzamos con prudencia. En medio del bosque hay un arroyo, dos o tres edificaciones de piedra, una iglesia románica sin tejado, una casa derruida. Detrás de la casa se asoma una mujer. Debe de haber sido muy guapa, ojos felinos, esqueleto elegante. Le tiendo la mano. Se limpia las suyas en el delantal y empieza a hablar. De Paula, de Romualdo, del árbol talado. De la casa donde vivo, de la obra, del baño que he puesto en la planta alta. Es como si, en lugar de referirse a una aldea, estuviera describiendo Nueva York. Intento explicarle que habla de nosotros, pero sigue parloteando, de pronto parece aburrirse y se escabulle en la fronda. Nico no dice nada. En el coche se duerme, como si estuviera agotado.

Sí que hay un rumor en el baño. Me duché tarde y las cañerías parecían quejarse, un lamento en sordina, borboteos ahogados, las quejas del agua. Me voy inquieta a la cama y retomo el canto donde Odiseo baja al país de los muertos. Leo en desorden, fluyendo hacia atrás. Así también recorro nuestra vida, regreso al momento en que todo se hunde, en el que me dijeron que no ibas a volver. Era tan feliz unos segundos antes. Sonó el teléfono. Cuando colgué, el mundo se había derrumbado. Un bombardeo. Desaparecido.

Por suerte mi madre se había llevado al niño y pude gritar. Luego devoré mi carne en carne viva. Pero el tiempo pasa, y he aprendido a desgarrarme en silencio.

Amanece entre las montañas, el sol golpea mi cama y baja por la escalera, se vuelca sobre el mármol de la cocina, entra donde duerme Nico, bailotea filtrado por el ailanto, espía mi estudio y se dora entre las hojas de la parra que caen en catarata frente al portón. En lugar de un plano, mi casa despliega una cartografía de luz. Ya están por irse los obreros.

Decido bajar con Nico a la ciudad y llevarlo a la biblioteca. Es un cubo de cristal acariciado por los chopos de la plaza, desde la sala de lectura asoman las cigüeñas y las torres del castillo, el perfil almenado de la catedral, las callecitas empedradas. Me sorprende su fondo y la abundante documentación sobre la zona, las estanterías para los niños. La bibliotecaria parece una *barbie*, lleva tacones altísimos, las uñas y los labios color chicle, un top diminuto sostiene dos pechos que me apuntan como obuses. Nico la estudia embobado. Ignorándome, la chica le planta dos besos, soy Kithy, le dice, y ese nombre sonoro de muñeca le suma una alegría más. ¿Qué desea, el señor? Y se lo lleva de la mano rumbo a la sección infantil.

Semana Santa y en la Iglesia visten al Cristo que pasearán calle arriba hasta el cementerio, desde allí bajarán a la Virgen y madre e hijo se cruzarán en la muerte. El fuego del cirio, el agua, la bendición de los campos. Compro huevos de chocolate y los escondo en el jardín, me gustan estos ritos de una primavera imposible de adjetivar. Cuando pasa la procesión, Paula y Romualdo se esconden, bajan las persianas. Justina, con su pañuelo negro, marcha sola, detrás de las imágenes, cánticos religiosos que se mezclan con tambores y música militar. A Nico lo asusta el crucificado que se bambolea sobre nuestras cabezas, la virgen llorosa, lo sobresalta el latido de los parches, los redobles. En el agua que se atolondra sobrevive la tarde, brillan esquirlas de luz, cada brote festeja una resurrección.

—¿Los muertos resucitan?

Me oigo respondiéndole que sí.

Cuando la tiniebla ocupa los caminos, volvemos a casa.

Nico tiene caprichos, come lo que le da la gana, no suelta a su oso, no se quiere bañar. Dicen que a esta edad hay una adolescencia temprana, este hijo nuestro se ha vuelto difícil. Te sientas en la cama junto a mí y, cuando te lo repito, me miras con tu sonrisa de medio lado. Se supone que en el más allá hay cierta sabiduría, te digo, y tú levantas los hombros. Lo dejé unos días a su aire y las deportivas olían como las de un muchacho. Paula lo metió en un barreño y me lo devolvió lustroso. Con ella, sí. Conmigo, no. Negocio con él y con sus miedos, nos metemos juntos bajo la ducha, lo envuelvo en la toalla, lo froto, mientras me peino, lo siento sobre la tapa del váter. No pasa nada en el baño, Nico, son las cañerías. Además, los muertos están del otro lado, solo se acercan si les queda algo por decir.

El agua arrastra mi memoria, tu recuerdo. Cómo chapoteábamos entre las olas y nos quitábamos la sal bajo la ducha, unidos por las lenguas del agua. Brillabas. ¿Tendría que hablar con Paula? ¿Preguntarle qué hace con él? ¿Pedirle que me ayude y le ponga algún límite? Pero qué le voy a decir, si es la persona más buena del mundo. Por fin decido negociar con Romualdo. Se quita la gorra, deja la azada en el suelo. ¿Convencerás a Paula?, le suplico, está malcriando mucho al chaval. Y Romualdo me pone una mano en el hombro, niega con la cabeza. No vas a poder con esto, me dice. Es por la pobre Olalla.

¿Qué hago en este pueblo hablando con dos viejos que parece que hubieran perdido la cabeza? ¿Busco la manera de decirte adiós? Pero no me dejas, me persigues por el camino que bordea el cementerio, señalas las tumbas suplicando que te deje descansar. ¿Qué estabas haciendo, cuando te alcanzaron? ¿Llevabas puestos los pantalones? Has muerto en una guerra sin fotos, en un videojuego. Decías: gana el que consigue la imagen más impactante. ¿Qué imagen has conseguido tú, di? ¿Un cormorán embardunado de petróleo? ¿Sabes que en Irak no había petróleo, ni cormoranes de esa especie, sino solo niños calcinados? Esa imagen es falsa. Y la voz letal: «El cielo está iluminado. Podemos ver las estelas de luz». Estelas de luz. Qué manera tan poética de anunciar un bombardeo. «Los aviones vuelan en dirección a nuestro hotel y se oye el estruendo de las baterías antiaéreas. Obviamente, el ataque ha comenzado».

El paisaje ha dejado la liviandad de marzo, ya no hay flores silvestres, han perdido el color las aliagas y las ovejas hozan la tierra. Cuando bajé al mercadillo vi al hombre al que llaman «el salvaje» sentado en una carretilla, mirando con hambre a las mujeres. Trabajé hasta tarde, me levanté medio dormida y, cuando estaba haciendo pis, me pareció escuchar algo en el baño: un llanto, un quejido que no creo que haga el viento. Asustada, levanté los pies. Afuera, el pájaro campana sonaba fúnebre.

Tardé demasiado en interpretar qué me había querido decir Romualdo la mañana en la que conversamos en el huerto. La pobre Olalla, ahí está la explicación. Pero me falta alguna pieza. ¿Se puede fotografiar el silencio?

–¿Qué pasó en este pueblo, Teo? –le pregunto.

El viejo se suena los mocos, me estudia como si fuese tonta, se pone de pie y, sin decir nada, se pierde en la oscuridad.

En las noches de luna el castro celta se asoma entre las piedras colocadas de forma circular y vamos tropezando. Los celtas amaban los bosques, le cuento a Nico, combatían desnudos como los héroes. Tal vez te deje ver las Olimpíadas si te bañas, dejo caer. En Grecia, durante los juegos, detenían las guerras, al mejor atleta lo premiaban con una manzana o con una corona de laurel. Entre el canto de los grillos describo caballos y carreras, luchas, estatuas. Su mano en la mía. Cómo ha cambiado, la piel tostada, los ojos verdosos parecen más claros. Está guapo mi muchachito, se parece a ti. Y de pronto, en esta noche suave, me roza una ráfaga de felicidad.

Después de dejar a Nico en su cama, escribo. Es tarde. Bajo al baño para buscar agua y, cuando me enfrento al espejo, me parece que a mis espaldas pendula una sombra, algo grande y compacto, como un jabalí colgado. Corro a la habitación de Nico y solo escucho la calma de su respiración. Enciendo las luces, no hay nadie. Temprano llamo a Brunilda, vuelve a saltarme su contestador.

No tengo que dejarme arrastrar por los reflujos del dolor, es cruel reprocharle a un muerto lo que ya no puede enmendar. Pero tú no querías ser padre. ¿Qué me reclamas? No te acerques, no te sientes junto al niño, no lo mires con tristeza. Él es el huérfano, yo la viuda, tú el que se marchó. Lo decidiste así, no se puede tener todo. ¿Eres el que libra las grandes batallas o el que protege a los suyos? ¿El generoso con la gran historia, o el guardián de tu casa? No te esperaré tejiendo. Y deja de poner esa cara.

Por fin los albañiles se van y empiezo a organizar las cuentas. Nico se sienta a mi lado, dibuja lanzas y escudos, cruza las espadas de los lápices. Le beso el cuello, sacude una mano como si yo fuera una mosca y murmura, entre mimoso e irritado, suelta, mamá. Mi hombrecito, le digo. Mi hombrecito. ¿Quién quiere mucho a su mamá? Se traga una sonrisa, hace como que no me oye.

Ha llegado más gente al pueblo, parece mentira que estos urbanitas de suburbio sean los hijos de los viejos. Coches lujosos, adolescentes ensimismados, hombres gritones y mujeres que preparan la comida. Dejan a los abuelos con un puñado de críos y el domingo partirán temprano. Coches aparcados frente a mi jardín. Cuando les pido que los quiten gruñen que esa es la costumbre. Aparcarme en las narices no tiene nada que ver con la tradición, respondo de mala manera y subo a mi casa pensando que así no voy a ganar amigos.

Cuánto ha cambiado este país. Viejos que no saben escribir con hijos catedráticos. Paula tiene unos sobrinos exigentes que no la merecen. Cuando vienen a verla se emperifolla, se pasa el día cocinando, Romualdo se encierra y lee, es su modo de protestar. En los días de visita los calabacines amainan y se comparten, puedo variar el menú. Pienso en los amigos que fuimos perdiendo. ¿Te acuerdas de los que conocimos en Antofagasta? Había toque de queda. Discutíamos hasta cansarnos pero, cuando llegaba la hora, se iban a sus casas y nosotros dormíamos en la playa, los cóndores sobrevolando las cimas de las montañas. Con tal de ver el sol hundiéndose en el mar, arriesgábamos la vida. La belleza.

Sí, amor. Tus fotos y mis libros. Qué joven era el mundo. De pronto, la duda. Subo corriendo a la habitación de Nico y reviso su mesilla. Hay piedras, papeles, dibujos. Un paquete con semillas. Una foto tuya, un trozo de cuerda. La oreja del peluche. El botón del ojo. Pero la bala no está. ¿Qué hacía una bala en el jardín?

La violencia.

Y tu recuerdo.

Braceo hasta el fondo de mi angustia, revuelvo el limo y apareces, en el laberinto de los sueños te sigo entre fogatas. Hay paredes caídas, aúllan las sirenas. Si por lo menos tuvieras una tumba. Cuando Odiseo baja al país de los muertos ofrece comida y sangre a los difuntos. Pienso en su palidez, en tu hambre de vida. La antesala de los juegos olímpicos lo invade todo, iremos a casa de Paula a ver la transmisión. También ha vuelto Brunilda de su viaje y amenaza con hacerme una visita. Tengo una sorpresa, me dice, pero habrá que aguantar. Y, con su risita de hámster, cuelga el teléfono.

Anoche fue otra vez. Nico cenaba con Paula y yo me quedé organizando la ropa. Sabes qué poco me gusta poner orden, pero, cuando todo se derrumba, las rutinas ayudan. Estoy enrollando los calcetines cuando escucho el grito:

—¡Sa-quen-me-dea-quí!

Corro por las escaleras turbias y entro en el baño, pero solo está mi imagen en el espejo, la cara de estupor, el aleteo de una luz a mis espaldas, mis brazos desesperados, abiertos como las alas de un murciélago.

Le pregunto a Romualdo sobre los ecos, lo interrogo de pie frente a la puerta de su casa, está mirando cómo plantan un árbol nuevo en la plaza. Ni siquiera guardo las formas con el pobre viejo, quién era Olalla, casi le grito, y Romual abre mucho los ojos, se pone un dedo sobre los labios y me hace callar, cauteloso hace que lo siga, caminamos hacia el castro y, cuando estamos lo suficientemente alejados del pueblo, en voz muy baja, me dice que tenga cuidado.

–Recibió un tiro en la nuca, ahí nomás, bajo la ventana, en eso que era el establo y que tú has convertido en jardín. El marido de Olalla. Así lo mataron.

–¿Una bala? ¿Esa? ¿Con esa bala que le dieron a Nico lo mataron?

–Puede que sí, puede que no. Vete tú a saber a qué muerto pertenece, aquí murió mucha gente. Olalla era casi una niña –susurra el viejo, como hablándole a una sombra hermosa, y baja tanto la voz que tengo que acercarme a él.

–Olalla. Su marido estaba loco por ella.

Se apoya en mí como si estuviera muy cansado, es la primera vez que nos tocamos.

Pasamos un rato en silencio, por fin dice: hay demasiados secretos aquí. ¿Para qué mantenerlos? Mira, te lo voy a contar. Olalla estaba loca por su marido, pero el alcalde, a su vez, estaba loco por la Olalla. El alcalde, ¿sabes?, y en aquellos tiempos. Una mujer preciosa, tan blanca. Quizá no muy espabilada, cómo saberlo, si era muda la pobre, tan muda que no pudo gritar cuando vio que los hombres arrastraban a su marido, solo rugía como un jabalí lastimado. Entonces los hombres que se llevaban a su hombre la llamaron a gritos solo para que viera cómo lo mataban y, como no apareció, ahí nomás le dieron el tiro de gracia, sangre por todos lados, y cuando estuvo bien muerto ni siquiera le cerraron los ojos, lo arrastraron por los pies, atado a una mula, los dedos rastrillando el polvo, para hacer escarmiento a las mujeres díscolas lo pasearon por la calle.

–¡Ahora ya no tienes marido que te defienda! –gritaba el alcalde, y empezaron a buscarla en todas las casas, y nadie se habría animado a esconder a la Olalla porque eso era buscarte la muerte también. Solo hubo uno que se animó, y fue Teo. La pobre Olalla oculta en la cámara, entre las patatas, tuvo que meterle una sábana dentro de la boca para que dejara de bramar, así la escondió durante meses. ¿Quién iba a pensar que un simple como Teo iba a tener a la hermosa Olalla en su casa? Por fin alguien la denunció y la encontraron, le pelaron la cabeza. ¿Sabes tú que a las mujeres que no obedecían las pelaban? ¿Sabes qué más? Niego con la cabeza, pero ya no quiero seguir escuchando.

Está atardeciendo y el castro tiene un tono sanguinolento. Por el camino bajan alegres las mujeres, Paula se detiene, lo mira como si adivinara de qué estamos hablando, nos saluda con una mano. Romual deja de hablar y bajo la diadema de la noche caminamos en silencio, han encendido las luces de la plaza y, junto al árbol recién plantado, Nico está esperándonos.

Duermo mal, me despierto, sueño con Olalla. No temo a los fantasmas, ¿cómo van a asustarme, si vivo contigo?

Los días pasan sin más novedades hasta que hoy, de pronto, asoma Brunilda con su coleta victoriosa y rosquillas para el desayuno. Nico pasa todo el día con ella, Teo otra vez en la cocina, mirándola como un bobo, Paula con sus buñuelos. Nos subimos en el Volkswagen para visitar un pueblo abandonado, con el claxon despertamos a los fantasmas. Cada día estás más loca, me dice, ¿fantasmas? Y sigue:

—No te imaginas lo que te tengo que contar.

Cuando llegamos a casa es Paula quien nos abre la puerta, sobre la encimera de mármol hay dulces cubiertos por servilletas, pero no quiere quedarse a cenar. Entre los objetos queridos que empiezo a colocar aquí y allá, entre las cosas que he ido recuperando de tantos naufragios, siento que flota el germen de una casa. Nos acostamos muy tarde, sin tiempo para leer. Hoy tampoco sueño contigo.

Por la mañana, bajo el plato de las rosquillas de Paula, descubro un sobre con un crespón negro, como los que se enviaban antaño con las esquelas de los muertos. Lo despego. Dentro hay una foto de una muchacha muy joven, con una hermosa cabellera rubia que le llega casi hasta los pies. Tiene un gesto entre retraído y pícaro, va vestida con un traje regional, anterior a la guerra, o inmediatamente posterior, la alegría que desprende su rostro me hace suponer lo primero. Quizá es ropa de fiesta, o un vestido de boda. Acuna un ramo de flores silvestres. Al fondo se ve una puerta. Una parra. Las observo y me doy cuenta de que es la puerta de mi casa. Detrás de la foto, solo un nombre: Olalla.

Como una tromba, entra Brunilda en la cocina. Dudo si mostrarle la foto, pero la escondo en mi bolsillo y espero. Por la noche, después de cenar, oigo que hay alguien frente al jardín, desde la ventana de mi habitación veo ráfagas de linterna sobre las ramas del ailanto, chistidos, risas sofocadas, algunos críos juegan a las escondidas entre las casas. De pronto carreras, niños llorando, tardo unos segundos en darme cuenta de que se oyen disparos. El suelo se ha llenado de pájaros que agonizan y se arrastran dejando un rastro de sangre. Los niños lloran cada vez más alto. ¿Dónde está Nico? Siguen iluminando el árbol, ráfagas y más disparos, los cazadores recogen pájaros muertos, los anudan por las patitas, un ramillete siniestro. Les grito que se detengan mientras comprendo que estoy sola frente a un grupo de hombres borrachos y armados, Brunilda ha bajado también y ahora somos dos mujeres que aúllan. Los cazadores lanzan risotadas, cuando nos acercamos dicen que cazar pájaros antes de las fiestas es la costumbre, mañana sus mujeres los prepararán con arroz. Qué valientes, grito, pajaritos dormidos, podrían haber lastimado a un niño, una bala pudo haber entrado por mi ventana. Murmuran que no soy de aquí, que no tengo derecho a opinar, pero se van retirando.

Bajamos al cuartelillo de la Guardia Civil, ponemos una denuncia, cenamos en silencio y nos acostamos tarde, Nico en mi cama. Por la mañana Brunilda me mira con cara de reproche, como si yo fuera responsable de lo que pasó, o soy yo misma la que se culpabiliza, qué demonios hago aquí, no estoy de humor para sermones y no protesto cuando adelanta su regreso sin contarme lo que me venía a contar.

Aislada paso el día con mis papeles, tengo miedo de que Nico pague las consecuencias de mi actitud, pero el niño parece haberse recuperado y por la tarde lo buscan sus amigos. Tú me hubieras dicho que no me lanzara contra esos hombres armados, pero tendrías que haber visto la mirada de los pájaros, plumas y manchas de sangre donde se agitaba la vida. Capturar imágenes, elegir el mejor encuadre, ganar un premio. ¿No era eso lo que hacías? Fotos que estilizan la miseria. ¿Se rozan la belleza y el dolor? Pájaros retorciéndose como niños heridos. Escribo en mi cuaderno con esta prosa desnuda.

Antes de llegar a la biblioteca, me encuentro con un grupo de refugiados que la iglesia ha decidido acoger y que vagan por las calles. Son bosnios y africanos, tendrán que sobrevivir al frío de Castilla. Frío en el cuerpo y en el alma. En la biblioteca debo de ser una de las pocas personas que pide los archivos del pueblo. Hay un sol que incendia las paredes, pero dentro no se siente el calor. Encuentro pistas, imágenes, apunto datos, pido el catastro.

Cuando regreso, Paula me cuenta que ha estado la Guardia Civil, una muchacha joven, me dice, ha apuntado muchas cosas y les ha puesto una multa a los cazadores, quién me iba a decir que los buenos iban a ser los del tricornio. Me van a odiar, pero no me importa. Sí, dice Romual, te van a odiar. Y, satisfecho, sonríe.

Cómo medir nuestro tiempo. Cada viaje, cada maleta, cada distancia. ¿Qué pasaba cuando estabas lejos? Nunca pregunté. ¿Hay algo que no muera con la muerte? Entre los rituales domésticos la verdad y la tristeza me disuelven. No hay para nosotros un pretérito perfecto.

Harta de los preparativos para las Olimpíadas. Barcelona abierta al mar, construcciones fastuosas, estadios, espíritu nacional, tengo que arrastrar a Nico para que se aparte del televisor, seducirlo con mil juegos, dibujar para él animales y soldados, leer en bucle, permitirle la habitación en desorden, bajar a la ciudad, a la piscina, abrazar su cuerpecito querido en el agua, hacerlo flotar, dejarlo ir, un espacio sin árboles donde los muchachos se lanzan de bomba y no me dejan escribir, páginas llenas de gotas que lloran palabras, tardes de contornos borrosos. Solo llega el fresco cuando atardece y un aspersor pulveriza la tarde. Brunilda no me ha vuelto a llamar, ni yo a ella, como si estuviéramos molestas por la noche de los pájaros, como si algo se hubiera enquistado y latiera. Sigo esperándote con toda la paciencia del mundo, pero no apareces. Por las noches la brisa entra por el ventanuco, lentamente la vida vuelve a su lugar.

Paula me roba a Nico, le da de comer, cloquea, ven un documental sobre animales y mi hijo se duerme con la cabeza en su regazo. Romualdo no se interesa en el televisor, pero, como está bastante sordo, no le molesta el ruido. Bajo sola a la biblioteca. He vuelto a escribir, sigo con mi búsqueda de material y Kithy me ha presentado a uno de sus lectores más selectos, un negro muy fornido, joven y guapo, que cuenta historias tremendas. Se hablan en inglés, y así, con la distancia del idioma, las historias suenan aún más duras. A mis hermanos los descuartizaron como si fueran cabras, dice, sin énfasis.

En el centro de acogida los idiomas se mezclan con la angustia, hay gente que habla sin parar, grita toda la noche. Richard quiere dejar su vida atrás, Kithy lo ha hecho apuntarse a una universidad a distancia, estudia matemáticas. Fue niño soldado, susurra con piedad, y pienso que Richard, Kithy y yo somos una ecuación imposible, nunca debimos encontrarnos, pero aquí estamos, frente a un café, dejando pasar la tarde. Pienso que pudiste haber fotografiado a Richard en Liberia, por ejemplo, de niño, acunando un fusil como quien mece un juguete. Después de mi disputa con los cazadores, los hombres del pueblo no me saludan.

Kithy ha encontrado una caja llena de documentos y la suelta sobre mi mesa, que tiembla con el golpe y el polvo. Lleva unos vaqueros tan ajustados que se oye la queja de las costuras, sandalias de metacrilato rosa, un top blanco, pezones señalando al pobre Richard que levanta la vista y se siente atraído, se avergüenza, no sabe hacia dónde mirar. Es tarde para revolver papeles, le pido a Kithy que me los reserve. Compro bollos junto a la catedral, dulces para Paula, regreso contenta por la carreterita sinuosa y me acuesto temprano, pero de pronto me despierto de un salto y te veo sentado junto a mí, la mano extendida, quizá me estabas acariciando el pelo. Estaba soñando con Richard, te digo, y te hablo de él, de la dosis de terquedad que le ha hecho falta para salir adelante. Sacudes la cabeza, afirmando algo. A algunos niños soldado los obligan a matar a un familiar para que el daño sea irreparable, les roban el alma, te cuento, y tienes una mirada triste.

Por primera vez habito tu misericordia.

Mi mente por fin se pone en movimiento, gira acelerada, son días de trabajo. Paula se alegra cuando le pido que se quede con Nico, un chorro de energía me atraviesa mientras reviso, tomo apuntes, busco. ¿Qué busco? Algo que vuelva coherentes las historias de este pueblo. ¿Escribiré sobre ellos? ¿Olalla, Paula, Romualdo, Justina, Teo? ¿Escribiré sobre ti?

Violencia y secretos.

Sigo con este diario que me organiza y nos hace conversar, tomo apuntes para algo que podría ser un artículo, una novela. Mientras tanto, Olimpíadas. Los atletas se dan baños de masas y los aplausos circunvalan la tarde, somos triunfadores, hospitalarios, generosos. Quizá sería mejor que volviera a la ciudad. Cerrar el capítulo, quitarme el luto, recuperar mi vida.

Llama Brunilda y me cuenta que no se ha olvidado de mí, estoy enamorada, dice, ¿quién es él?, le pregunto. No es él, es ella. Muy joven. La conocí en el viaje, nunca pensé que me fuera a pasar, me gustaría que la conocieras.

Me imagino contándoselo a Nico con naturalidad, pero cómo hacer para que no lo repita, en el pueblo no se ha visto nunca una pareja de mujeres.

Bajo con Nico a la biblioteca y Kithy le peina el flequillo con las uñas, ronronea mientras esperamos, compro helado para los cuatro, Richard lame con una lengua de pala, el niño y yo nos sentamos frente a las cajas de papeles, Nico escudriña hasta reconocer las imágenes, se queda absorto frente a un recorte que muestra a una mujer condecorada por su servicio al régimen. Pañuelo negro, cara astuta, brazos pecosos, soldados muy tiesos haciéndole la venia, y la gratitud de los altos mandos por su labor. Una vieja a la que reconozco como reconozco el olmo gigante. Es Justina, susurro, y Nico asiente, pero Justina no como debió de haber sido en el pasado, sino como es hoy, una vieja de más de ochenta años. ¿Cómo es posible? Leo sobre sus servicios a la causa, las delaciones cincuenta años atrás. Mientras recojo los papeles veo que Nico ha escondido el recorte bajo su camiseta. Salimos de prisa, como si huyéramos. No digo nada.

Paso los días preparando la visita de Brunilda, armando camas y llenando la despensa. Cuando llegan paseamos por el pueblo donde las estudian con cierta sorpresa, nadie dice nada, aunque las miradas nos siguen como periscopios cuando van de la mano. Brunilda despampanante y luminosa, retadora, hay gestos torcidos por algo que ya es habitual en Madrid. Paula las recibe como siempre, rosquillas y risas, charlotea sobre recetas antiguas, la chica lleva el pelo muy corto, teñido de rojo, es tímida y provocativa a la vez, guapa de manera infantil, la camisa pudorosa abotonada hasta el cuello. Huele a jabón, a perfume de bebé, me da consejos sobre plantas, aquí un rosal trepador, aquí una forsythia, ese gozo amarillo de la primavera temprana. Subimos hasta el cementerio donde aplaude el laurel de Paula, el lilo gigantesco que ya tiene las flores secas, trepa como un gamo hasta el castro.

Volvemos cansadas, enseguida estamos en casa rodeando a Paula que entroniza una olla de cobre y nos enseña a desmigajar el pan, ajos, un poco de tocino, chorizo, mucho pimentón, y con las manos en movimiento Brunilda parece feliz, yo soy feliz con ella, envidio ese poder energizante del amor, los primeros meses. Te gustaría verlas juntas, pienso, aunque Brunilda no te caía bien, ni tú a ella, cómo soñar que dos personas tan distintas pudieran entenderse, no me disgustaba estar un poco en el medio, requerida, tironeada, incluso una noche soñé que nos besábamos los tres. Brunilda repetía que eras un egoísta, que te ocupabas solo de tus propias batallas, un ansioso de reconocimiento, tú que ella era una superficial. Ella, que me dejarías sola, tú, que ella nunca haría bien su trabajo. ¿Quién tenía razón? Qué más da, estás muerto, y ella desmigajando pan en mi cocina.

La siguiente escena creo que no la olvidaré jamás. Romualdo y Nico están sentados en la fuente, de espaldas a la casa de Justina. Un arbolito nuevo apenas si está empezando a brotar, le arranca botones algodonosos la primavera tardía. Romualdo tiene una mano sobre el hombro de mi hijo, ambos miran fijamente un papel, cuando me acerco descubro que están mirando el recorte donde aparece Justina. ¿De dónde lo has sacado?, me pregunta el viejo. Pongo cara de sorpresa. Entonces, apretando los dientes, me dice: era una mujer malvada. Se hace un silencio duro. «Era» no, Romualdo, «es», le contesto. Vive en la esquina y, en cualquier momento, se puede asomar. ¿Por qué nadie la saluda? Romualdo parece confuso, tira de nosotros hasta su casa, baja las persianas. Hay dos rosquillas aceitosas, revolotean algunas moscas. Se queda un rato buscando las palabras. De pronto, dice:

–Vamos al cementerio.

Es mediodía y un sol que brilla como una moneda de oro azota las piedras. Pasamos los huertos, el laurel, el lilo, avanzamos casi corriendo. Cuando llegamos al cementerio, Nico lloriquea, pero Romualdo lo arrastra entre las sepulturas. Los apellidos se repiten. Algunas tumbas tienen flores, otras parecen abandonadas. Hay cruces con fotos de los difuntos. En una esquina, escondida entre las ramas bajas de un ciprés, se asoma una lápida. El nombre, casi borrado, todavía se puede leer, y en la foto aparece ella: Justina Borbolla. Una fecha: 1863-1950.

–Justina está muerta. Muerta. ¿Has entendido? –susurra Romualdo–. Muerta por fin. No volverá a hacernos daño. Y de esto, ni una palabra a Paula.

Se da la vuelta y sale del cementerio, dejándonos solos, azorados.

Veo a los muertos del pueblo como te veo a ti. Los veo, los confundo con los vivos, converso con ellos. Este pueblo es Comala, yo soy Juan Preciado. Cada tarde cojo el coche y bajo a la biblioteca, ahora sé que la catedral fue el último reducto durante la guerra, que desde allí se defendieron mujeres y niños. Que lo que horada la tronera son agujeros de balas. Que el frente estaba muy cerca y que en las eras duermen los muertos sin nombre. Sé también que las vías del tren las colocaron presos esclavos. Sé demasiadas cosas. Pero hay algo que no sé: cuándo se termina una tragedia.

Romualdo mantiene su silencio empedrado y Teo sigue contándome historias. Son cada vez más confusas, más duras, las suelta con una voz sin matices como si, para que se toleren las palabras, hiciera falta matarles la emoción. Nico tiene amigos para jugar. Lo veo correr y divertirse, aunque a veces se queda quieto, ausente, pensando quién sabe qué, mirando por la ventana. Estos son los momentos en los que siento que nunca lo superaremos.

Penélope y los pretendientes, su larga espera, el regreso de Odiseo con ropa de mendigo. Argos, el perro, tendido sobre el estiércol, que lo reconoce y mueve el rabo. La lágrima que el héroe deja caer junto al fiel animal, que lo esperó para morir. Nico tiene miedo desde el episodio de los cazadores y llora por la muerte de Argos. Lo consuelo y le cuento que la historia tiene un final feliz, Telémaco encuentra a su padre –le digo. De pronto pregunta:

–¿Te vas a volver a casar?

Tardo en responderle.

–¿Con un hombre o con una mujer? ¿Me vas a comprar un perro?

Cambia de tema como el dial de una radio, se parece a ti.

¿Recuerdas ese perro rubio que nos seguía en Chile? Al principio nos mostraba los dientes, pero tú le hablaste con dulzura y se apaciguó. ¿Y lo que tardaste en conseguirle casa? Un perro que probablemente no quería ese destino doméstico, un vagabundo como tú. ¿Y aquel gato que rescataste de una escena de guerra, que trajiste en un avión, y que se lanzaba a atacarnos si pasabas a su lado? Destrozó el sofá, y la dueña de la casa nos lo hizo pagar. Más bien me lo hizo pagar, tú ya te habías ido. Vale, no insistas, voy a comprarle un perro a Nico.

Me parece que vuelvo a ver a Justina sonriendo de manera malvada, y cuando me acerco a casa aparece el recuerdo de Olalla. Imagino a la muchacha encerrada devorando cualquier cosa, serrín, mondas de patatas, la piel de un cerdo, todo lo que la hiciera ganar cuerpo, ganar peso, porque quién puede colgarse si es tan liviano, cáscara de sandía, huevos pasados. La muchacha que, después de aquello, se dejó crecer el pelo, que le nació débil y blanco. Cuando le pareció que tenía ya un largo suficiente y que ella pesaba lo necesario, se trenzó el pelo a lo largo de toda una mañana, ató la trenza a una viga y se ahorcó.

–La vi por la ventana –dice Teo–. Vi cómo se balanceaba. Con su trenza como una bufanda, los ojos desorbitados. Parecía recriminarme con esos ojos transparentes mientras decía, «¿por qué me salvaste?». Se limitaron a bajarla y, sin ceremonias, la enterraron fuera de la tapia del cementerio. Los suicidas mueren en pecado, dijeron, no tienen derechos. Y no hubo ni placa, ni foto, ni oración. Ni un recuerdo. La enterraron sin ataúd, envuelta en los sacos de la cosecha. Está allí, bajo el lilo. ¿Has visto cómo florece?

Cada vez que me acerco a la casa me parece verla asomada a la ventana moviendo los labios y gritando, ¡sáquenme de aquí! Pero si era muda, pienso, cómo la voy a estar oyendo, las palabras no tienen sonido, solo para Nico y para mí, somos los interlocutores de los fantasmas. No sé lo que ve mi hijo y me asusta preguntárselo.

La semana próxima comienzan las Olimpíadas. Nico pasa largos ratos con Paula admirando a los atletas, entre promociones de ropa de deporte e historias de la vida de los héroes. Escribo por las mañanas, por la tarde bajo a la ciudad. He decidido invitar a Richard y a Kithy a una merienda. Los he visto besuqueándose entre las estanterías, hacen una buena pareja.

¿Aceptaré otra pareja? Hasta ayer solo percibía un dolor lacerante, pero anoche fue el deseo, en el sueño me volviste a tocar. Estabas desnudo, las piernas musculosas y yo te acariciaba las caderas. Cómo me gustaban. Cómo me gustan tus caderas, tan rectas, es allí donde los hombres y las mujeres nos diferenciamos, no en los genitales. Las caderas. Soñaba mientras iba acariciándote y tuve un orgasmo feroz. Me desperté con culpa, como si te hubiera engañado con tu propio fantasma. Y la pregunta de Nico: ¿aceptaré a los pretendientes? De momento no ha aparecido ninguno, aunque quizá ya sea hora de que deje de comportarme como una monja. Llamo a Brunilda y se lo cuento. ¿Hasta ahora nada? ¿En serio? ¿Cómo has podido? Y se ríe. Me siento ridícula. Su novia le arranca el teléfono y me saluda, parlotea, hay una algarabía dichosa, llena de encanto y esperanza. Tengo que volver a la vida.

Richard se ha vestido con ropa de mercadillo, colores chillones, su interpretación de la etiqueta, me tiende la mano y un ramo de flores mientras Kithy, taconazos y coletas, aparca sobre el mármol una tarta, regalos. Veo cómo todos estudian a Richard, no hay negros en la zona, solo uno que trabaja en la carnicería del pueblo de al lado y al que hacen dormir fuera de las murallas. Nico charlotea con Kithy, leen juntos un libro que trajo, Paula curiosea y se marcha porque tiene que hacer la cena.

Voy sumando después de tanta resta.

Al despedirnos, Richard, emocionado, me dice que es la primera vez que alguien de aquí lo invita a su casa, y me planta un beso en la frente, como si yo fuese una santa. Le prometo repetir, y pienso en los vínculos, los afectos, las ataduras. Pienso en tu vida. En lo que me queda. En lo que se va.

Y, a medida que me llega el consuelo, algo se rompe, desaparece, angustiada escribo hasta cuando no sé qué más escribir, qué más me puedo arrancar del corazón o del estómago, qué otro dolor, qué culpa o qué ausencia me hará sentir viva. El deseo. Qué hago aquí, qué hago, me grito, y pienso en Olalla, la niña blanca, en sus días encerrada en esta casa, en su angustia. Por la noche le leo a Nico otro fragmento de la *Odisea*.

Si a todo alcanzara el poder de los hombres mortales, yo elegiría el regreso del padre querido.

Mete la cabeza debajo de la almohada, se sacude, llora por primera vez. Mi hijo, el que espera.

¿Qué es lo que me queda de mi padre?

¿Qué nos queda de ti? ¿Oye él también, la voz que fue tu voz? ¿Te puede ver? Y acaricio la cabecita atribulada.

Tengo que dejarte ir.

Por la mañana encuentro, atados al portón, un ramillete de pajaritos muertos. Tienen la cabeza reventada.

Nico pasa unos días con fiebre. No bajo a la biblioteca ni puedo avanzar con la escritura, tengo pesadillas, me resulta muy difícil controlar la angustia. Ya no hay ecos en el baño, como si al conocer la historia de la casa todo se hubiera diluido en la sencillez de la muerte. Creo que la estadía en el pueblo está tocando a su fin.

Un claxon y es Kithy, con una caja llena de papeles, los he robado para ti, dice, pero los tienes que devolver pronto, no te quedes mirando el cielo, ponte a trabajar. Y se ríe. Tres días y se acabó, si me pillan, me despiden. Sale tan de prisa como entró y, cuando le pregunto por Richard me devuelve una sonrisa maliciosa y secretea: sábado y domingo sin salir de la cama.

Le pongo a Nico compresas en la frente, le doy baños templados, permanezco con él hasta que se duerme, me quedo sola revisando cajas. Hay documentos sobre la construcción de la iglesia, leyendas sobre el castro. Paula me trae un caldo caliente que le doy a Nico, me alimento con fruta. Los días se alargan y a la hora de la siesta hace mucho calor. Han llegado los veraneantes y sus coches. El pueblo está lleno de niños.

Y, entre tantas cosas que hago en estos días, reviso ese arcón que nunca me atreví a abrir. Me cuesta invadir espacios ajenos y he pensado pedirle a alguno de los obreros que todavía ronda la casa lo lleve directamente al vertedero, pero la curiosidad me puede y, cuando levanto la tapa, me golpea un olor sobre otro olor, polvo y lavanda, plantas silvestres, un ramo enorme de flores que se deshacen y un vestido que reconozco: es el que llevaba Olalla en la fotografía. El vestido está envuelto en papel de celofán, limpio y planchado, las enaguas con encaje de bolillo, cintas y pasamanería. Parece un vestido de novia. Es diminuto, como si Olalla hubiera conservado siempre su cuerpo de niña y, al tenderlo sobre mi cama, al ver cómo se esponja y parece cobrar vida, siento ganas de llorar. La pobre Olalla, la muchachita viuda, la muchachita ahorcada.

Decido llamar a Romualdo, me contesta al teléfono, le pido que venga solo, sin golpear la puerta sube a mi habitación y hablamos durante largo rato. Cuando se va, tomo apuntes en mi cuaderno. Bajo y me siento junto a Nico, le cuento que vamos a volver a la ciudad. No quiero, dice. No quiero. Y solloza. Le toco la frente: está ardiendo.

Por la tarde me llega el eco de los tiros en el monte. Ráfagas y detonaciones aisladas. No es temporada, pero eso parece importarles poco a los cazadores. Caminando por el castro me parece ver a un jabalí herido que brama. Cuando retrocedo, se pierde. Entre las piedras y las matas de romero, veo o imagino un rastro de sangre.

Muy agitada, me quedo largo rato frente a mis papeles. El tiempo se ha vuelto borroso y los recuerdos queman.

Tu cuerpo, tu cuerpo en fuga, tu cuerpo que necesito para arder. Más que tu presencia, tu ausencia. Ese placer y nuestra furia. A veces pensaba que no era a mí a quien amabas, sino la sensación que yo despertaba en ti. Estoy soñando que te inclinas sobre mí cuando los postigones se golpean y estalla un trueno. Bajo a la habitación de Nico, en el claroscuro de los relámpagos lo puedo ver junto a la ventana, desnudo. En su espalda delicada, la protuberancia de los omóplatos finge dos alas incipientes. Lo llamo, pero no contesta, tirita. Está volando de fiebre. Me acerco e intento abrazarlo, pero no puedo alejarlo de la ventana, que está abierta, no quiere volver a la cama. Tiene el puñito cerrado. Se lo abro, y veo que dentro está la bala. Como un ejército que rodea el pueblo, la tormenta nos va cercando. Por fin cede a mi abrazo y, entre los relumbrones, me parece verte en el jardín. Nico sigue temblando y lo acuno, cuando por fin logro que me mire, tiene los ojos vidriosos y respira con dificultad. Lo envuelvo en la sábana, lo subo al coche y bajamos al ambulatorio, nunca un camino se me ha hecho tan largo. El cielo empieza a abrirse, entre el celaje de las nubes asoma una luna siniestra. Acostado en el asiento de atrás, Nico delira.

–He visto a papá –dice–. Me vino a buscar.

–No es verdad –le grito–, no es verdad.

–Tú sabes que sí –me responde furioso. Por fin se calma, canturrea, lanza risitas.

Cuando llegamos al ambulatorio la enfermera le toma la fiebre y me mira como si yo fuese la culpable, se ha dejado estar, me regaña, le dan algo, lo ponen frente a un ventilador y la fiebre baja de prisa, ya no delira. Le he llevado sus deportivas y se las calzo, estira las piernecitas, abraza a su oso. Sentado sobre la camilla tiene la carita vieja de un niño enfermo. Pasamos varios días sin salir. Paula nos trae la comida, a veces Romualdo nos acompaña en silencio. No hemos vuelto a hablar de la Olalla.

Y entonces la encuentro. Debajo de folios, recortes, planos, copias de viejas escrituras, sobre mi mesa hay una foto. Está borrosa, como si se estuviera diluyendo, y no tiene ninguna inscripción. Es un detalle de la plaza, se ve claramente el olmo viejo que derribaron y la casa de Justina. Hay velas, mucha gente. Un tambor. Casi puedo escuchar los redobles, pero en el centro no hay una virgen sino dos muchachas muy jóvenes, adolescentes casi, con la cabeza rapada a trasquilones. Cojo una lupa y estudio la foto. El pueblo es casi el mismo. Aunque hay nieve en los tejados, las chicas llevan vestidos ligeros y van descalzas. Están delgadas, la ropa les cuelga, eso acentúa la indefensión de la imagen. Caminan de la mano con una expresión de dolor o de sorpresa que no creo haber visto jamás, las faldas sucias, las piernas manchadas con algo pringoso. La procesión ríe, o grita, o se burla. Las señalan. Una de las peladas es delgadita y pequeña, de piel muy blanca y, a pesar de la expresión y del pelo rapado reconozco a Olalla. La otra, en cambio, es más robusta, tiene las rodillas huesudas y la cara redonda de las muchachas de pueblo, entre los trasquilones algo en ella me resulta familiar. Acerco la lupa, me detengo en los ojos, en el rictus de la boca, en las manos. Tardo un rato en darme cuenta de que es Paula.

Las peladas de la guerra. Ese botín. Forzadas a beber aceite de ricino y a desfilar después, sucias, en medio de una muchedumbre de hienas. Los barberos y sus instrumentos de tortura. La fiesta de la humillación. Paula. No sé qué hacer con estos datos.

Dos días más tarde, cuando Nico ya está repuesto, bajo al pueblo y regreso con un cachorro. Me lo consiguió Richard, un perrito que un cazador dejó abandonado. Lo llamamos Argos, y Richard viene todos los días a verlo, se descubre como un magnífico adiestrador, en pocos días deja de comerse las deportivas de Nico y hace sus necesidades donde debe. No logro olvidar la imagen de las peladas y tengo miedo de encontrarme con Romualdo, como si el secreto me fuera a desbordar.

Acompaño a Richard y a Nico pueblo arriba, pueblo abajo, el cachorro corretea y duerme a los pies de su cama. Hay pocas cosas más gozosas que la alegría de un perro. No sé qué haré con Argos cuando regresemos a la ciudad. No sé qué haré conmigo misma.

Una muerte es todas las muertes, una guerra todas las guerras y es la violencia todas las violencias. La historia de las peladas se me aparece cada vez que paso por la plaza e imagino a Justina levantando su dedo, la voz pedregosa, denunciándolas. Dicen que esa vergüenza era eterna, que nadie olvida la procesión de las peladas. Murmullos para siempre. Humillación para siempre. Y comprendo de pronto la sencilla valentía de Paula, su pelo rubio, los rizos primorosamente cuidados, la ropa siempre limpia, las ventanas bajas durante la procesión, la ira silente de Romualdo. Qué hacer con esta historia, cómo actuar. ¿Tengo que decir que lo sé? Cuántos silencios esconde el silencio.

Por la noche leo:

¿Cómo te has atrevido a descender al Hades, donde habitan los fantasmas de los mortales que han perecido? Ay, amor, qué tiempos nos tocaron.

Cuando pasen las Olimpíadas, esta época habrá acabado. El desfile de los héroes. Nico desaparece durante horas con el cachorro y regresa cansado, lleno de vida. Los jubilosos ladridos de Argos.

Compraré dulces, Paula hará migas, Romualdo promete peras del huerto. Busco también un jamón y un queso deliciosos, le dejo comida a Argos porque a Romual no le gusta tener al perro en casa. Después de la fiebre, Nico ha cambiado. Se deja bañar y peinar, lo froto hasta darle lustre, pero a pesar de los aires de fiesta no termino de estar bien, los secretos me ahogan, cada vez que miro a Paula la imagino, el dolor de su historia me traspasa, era más fácil cuando no sabía nada. Nico rompe un plato cuando empujamos la mesa frente al televisor y Romualdo lo regaña. Está a punto de llorar, pero comienza la ceremonia y, a pesar de lo poco que me conmueve todo esto, reconozco que está muy bien: Pujol y Felipe González, palomas, tambores, bandas musicales y flamenco en estimulante ensalada. Ópera, caballos, dibujos, un país que se vacía los bolsillos y la memoria para mostrar al mundo que no hay pasado. ¿No hay pasado? El Mediterráneo, bellamente revivido por la Fura dels Baus, la historia y sus mitos. Me distraigo y me adormezco un poco, la ceremonia es demasiado larga, oigo a lo lejos los ladridos de Argos. Comienza el desfile de los atletas, con Grecia a la cabeza. Se me hace interminable, de la A a la Z, pienso en cuando el premio era una manzana. Magic Johnson masticando chicle, las autoridades de todo el mundo, la reina cándida vestida de blanco, por fin el príncipe feliz, el principito portando una bandera y, sin ensayar, dicen, la oportunísima lágrima de la infanta. Aplausos, aplausos. Todo el mundo de pie. De pronto oigo un disparo. Las cámaras vuelven a apuntar hacia las autoridades, exaltación, y otro disparo. Diseño y moda española, otro disparo más. Recién entonces salgo de la modorra y me doy cuenta de que Nico no está.

—¿Lo has visto, Paula?

Paula ronca suavemente, el vasito de anís sobre el vientre a punto de volcarse, Romualdo hace tiempo que tiene las narices hundidas en su libro. Estaba yo sola frente al televisor, en la noche interminable.

Dejo el plato sin hacer ruido y salgo a la calle. Es una noche cálida y desierta. Desde las ventanas, brota el chorro azul de la luz de los televisores, bajo la luna plateada brillan las ramas de los álamos. Nico tiene que estar con Argos en casa. Camino hacia la fuente, me asomo casi por reflejo, en el agua oscura se sumerge el pez naranja, creo oír los tambores de una procesión entre el clamor de los grillos, o son las Olimpíadas que vociferan desde las casas. Bajo hacia el campo, llego hasta mi portón y grito, ¡Nico! Teo se asoma con el pelo revuelto. Teo, ¿has visto al niño? El viejo niega con la cabeza y desde las ventanas caen discursos, vivas, golpes de tambor, el arquero levanta la flecha y la antorcha surca el cielo, es una ráfaga de luz, una llama despeinada y yo me tapo los ojos porque no quiero ver, corro por el camino que lleva al cementerio, la llama enciende el pebetero olímpico, fuegos artificiales, amigos para siempre, el himno a la alegría y el fulgor, ese fulgor, de pronto lo comprendo todo, corro hacia el castro, como una loca, es la hora de los héroes, de los fantasmas, cómo fui tan tonta, cómo me dejé engañar, mi niño, y de pronto te veo, allí, desnudo y hermoso, en lo alto, sobre las piedras circulares del antiguo castillo, allí estáis Argos y tú, de espaldas, llevas a nuestro hijo de la mano. Te giras y me observas, agitas un brazo en señal de despedida, te estás alejando, tu hijo sonríe también, levanta una mano, copia tu gesto, me dice adiós, yo grito ¡no!, ¡no! corro desesperada hacia ti mientras todo el pueblo, que ha escuchado los disparos, corre también, corremos oyendo los tiros, los tiros, los tiros, gritan, los cazadores, y yo caigo junto a Nico, abrazo el bello cuerpo de mi hijo que duerme sobre un charco de sangre, con una bala clavada en el corazón.

TAN LLENO EL CORAZÓN DE ALEGRÍA

IBA A ESCRIBIR «YO» pero es demasiado próximo, un yo que ya no soy yo porque el tiempo pasa y todo lo confunde, altera los pronombres y las biografías, el yo que fui no es el que soy, mejor alejarme, cambiar de persona, los regalos de la morfología. Yo, tú, ella. Lo que va entre un «yo» y un «ella» es aprender a mirarme.

«Yo», dice, mientras se lanza a la piscina, «yo» es la continuidad, y no representa esa ruptura que se llama tiempo. Con las primeras brazadas el agua la revitaliza, no hay tiempo en ese yo, ni ese cuerpo suyo que envejece y que sin embargo siempre es ella. Ella dentro de ella, dentro de ella. Agazapada. Qué lío. Conjugar en primera persona es lo que ha hecho toda la vida. Mirarse. Mirarme. Primera persona para todo, menos el verbo morir. «Yo morí» es un hueco, un absurdo, a menos que sea en sentido figurado, o que se haya convertido en fantasma. Morí y me convertí en otra, por ejemplo, se muere en tantas vidas... «Morí», verbo defectivo, lleno de defectos, carente, incompleto. La muerte barre con todo: la historia, las posibilidades, la alegría. Él murió. Él. Ellos murieron. Es tan definitivo que poco tiene que ver con la manera de contarlo. Desde entonces ella, o tú, o yo, o como quiera nombrarse a sí misma, se astilló. Yo me astillé, piensas. Me rompí. Pero la vida sigue y morir recobra su sentido figurado. Tener un idioma que le permite mirarse en tercera persona, eso la calma. La piscina está desierta. Dos brazadas y decide probar con la segunda: «tú».

Nombrarte a ti misma. Ese hiato, ese hipo, esa lejanía que se genera cuando escribes y dices, por ejemplo, tú te levantas temprano, desayunas, lo llamas porque te sientes sola. «Tú». Un pronombre que incluye al receptor, al otro, un yo desdoblado ante un espejo que te observa desde tu propia nuca. Metes la cabeza bajo el agua. El cloro pica, sobre ti ondea un cielo de mercurio. Agujas de luz. Te falta el aire, pero tienes que tocar fondo con los pronombres, presión en los pulmones, las últimas burbujas de plata brotan de tu nariz, te das impulso y empujas hacia la superficie.

Ya no te duele (a ti, y también a mí, y a ella) el alma ni la espalda. Por qué darás tantas vueltas a las cosas siempre que empiezas a escribir.

Con su aire soviético, la piscina del polideportivo es lo último que cierra en este pueblo. La socorrista, una muchacha delgadísima, lleva los pies descalzos y tiene todos los dedos del mismo largo, como si se los hubiera recortado. La ves doblar un ángulo de la página, recoger manguitos y salvavidas. La saludas, pero no contesta.

No hay nadie en el vestuario, regresas a casa dando un paseo. Practicas y te hablas de tú. Sí. Te gusta. Como si fuese un vestido nuevo, el pronombre te mira, sin abrumarte. Un periscopio. En el parque, la cúpula de los ginkos flota en una gozosa nube verde. Podrías escribir sobre los árboles, piensas. Dicen que los ginkos no tienen obsolescencia programada, que no mueren. También tus muertos son eternos y sobreviven atónitos en tu memoria.

Medianoche. En el contestador, los mensajes de Fernanda. Calmos al principio, poco a poco sube el tono de la queja. ¿Existe alguna relación madre-hija sin una demanda perpetua? No lo sabes. Margaritas en el alféizar. Han arrancado una planta y huele a pis de gato. Mañana tendrás un día tranquilo, puedes acercarte al vivero. Sí, te gusta el tú, te sientes cómoda.

Es temprano cuando llamas a Fernanda y le propones un desayuno. Como un pompón saltarín y amarillo, su coleta rubia aparece tras el seto. Extiendes una mano para acariciarla y se crispan los alfileres de vuestra relación. Retira la cabeza. Escondes la mano.

–¿Y la niña?

–Anoche te llamé cien veces, mamá.

–Llegué tarde.

Se ha marchitado el tono festivo de la mañana y terminas el desayuno, que ahora te parece eterno. Cuando tu hija se va, eliges un libro, subrayas frases. Es una colección de cuentos en el que aparece el personaje de una viuda. Hay ideas que te dan envidia y la envidia es un acicate para escribir, sientes ganas de bucear en esas palabras, de luchar contra un texto que no es tuyo como si fueras un gladiador que compite por un trofeo. No sabrías escribir sin leer. Se llama *La memoria donde ardía*. ¿Amor? ¿Muerte? ¿No tienes suficiente? ¿En serio quieres volver sobre estos temas?

Faltan semanas para que comience el verano. Con el cambio climático, el norte ha perdido su belleza plácida para convertirse en otro aparcamiento de coches y de cuerpos que se desnudan. Pero antes de que lleguen las hordas quedan aún días para disfrutar. Las patitas de las gaviotas escriben sus jeroglíficos sobre la arena.

Una muchacha camina cerca de las olas. Lleva las manos en los bolsillos y tiene los ojos achinados, la melena le llueve casi hasta la cintura. Es la socorrista de la piscina. Insertada en este contexto, con las olas como fondo, casi no la reconoces. La imaginas pescando en otra playa, en Taiwán, por ejemplo, el pelo recogido en una trenza. Las redes que lanza al mar cuadriculan la mañana. Tiene un hijo. O no. Tal vez es demasiado joven. No, no lo tiene. Qué vicio, siempre estás imaginando vidas ajenas. De pronto la chica comienza a trotar, corre, desaparece.

Pasas el resto del día preguntándote quién te obliga a escribir. Apuntas posibilidades: escribo porque no sé hacer otra cosa con gracia. Porque soy muy buena. Porque no tengo otra manera de entender el mundo. Porque no puedo contener las imágenes que viven en mi cabeza. Porque me divierte. Porque soy masoquista. Segundos más tarde sospechas de tus argumentos, son inconsistentes. En el vivero compras un plantón de margaritas. Algo se ha agrietado en tu cabeza y se entrechoca con una cacofonía metálica, ya no podrás liberarte. Escribir es abrir las compuertas, ahogarte. ¿Seguro que quieres hacerlo? Podrías posponer tus planes. Pronto volverán los compromisos, los viajes, tendrás que hablar de tus libros y ya no habrá tiempo para nada. La vida de escritora como pretexto para no escribir, lo que rodea a la escritura y la convierte en imposible. En el polideportivo nadas con rabia. Te ahogas en la incertidumbre.

Cuando sales Jan está esperándote. Ha oscurecido y disfrutáis de una noche de terciopelo. En el paseo marítimo te ves desde fuera. ¿Qué pareja formáis? ¿Una madre con su hijo? ¿Por qué encasillarlo todo? Tu hija es Fernanda, la amistad con Jan es un pequeño lujo, una decisión que tomaste hace años, cuando abriste un *casting* para promover nuevas incorporaciones familiares. Alguien que reemplazara a tu primo, que no hacía más que quejarse, una amiga joven menos exigente que Fernanda. Fernanda ha decidido ser madre en solitario y adoras a tu nieta, ese regalo se lo debes. Pero lo que comienza como una apasionante novela de intriga, quedará inconcluso. El tiempo. Intentas imaginar a tu hija sin su madre. Fernanda sin ti, Adina sin Fernanda. No puedes.

Cuando estás por acostarte suena el timbre. A través de los cristales asoma un ramo de flores, detrás de las flores, las pálidas mejillas de Elio. No lo esperabas. La última vez que os encontrasteis fue hace mucho, en Bulgaria, cuando os despegasteis de la comitiva para visitar el país. Elio es un escritor de éxito, sus novelas policíacas se venden de a millares, no tienen ninguna relación con lo que escribes tú. Pero de eso nunca habláis, con lo que vuestra relación se mantiene sana.

–¿Quién te ha dicho en dónde estaba?

–Fernanda. ¿Es aquí donde te escondes? ¿Ya llevas un año? Buen gusto, como siempre.

Junio en el mar del norte.

La playa desierta, una casa sencilla, un seto de hortensias. Días grises, siempre apacibles, tiempo para escribir. Ese fue el plan inicial. Pero primero se sumó Fernanda, con Adina como chantaje. Ahora Elio y su sonrisa incombustible. En lugar de meterte en la cama, sales a caminar con él. El aire del mar te vivifica y su presencia te acompaña. En la playa vislumbras una pareja. Él es alto, ella menuda, lleva una trenza larguísima. ¿Jan y la socorrista? ¿Se conocen? De pronto él la toma del brazo, ella tironea, parece gritarle algo, retrocede el cuerpo como si estuviese por recibir un golpe, se libera, sale huyendo. La trenza ondea como un látigo.

Antes de dormir, os afanáis en un sexo tranquilo que nunca llegará a ser ni apasionante ni rutinario, décadas de encuentros que son siempre esa mezcla perfecta de sorpresa y costumbre. Así desde el comienzo. Elio suele estar de viaje, pueden pasar meses sin que tengáis noticias el uno del otro. Y tú prefieres viajar sola, te ponen nerviosa las conferencias, necesitas tiempo y concentración. Esta visita es una infracción a todas esas reglas no explicitadas. Pero ahí está, sentado en tu sillón. Te gusta tenerlo cerca y prefieres no preguntar.

Por la mañana la cocina huele a azúcar, en la silla alta parlotea Adina. Cuando llega Elio, Fernanda acampa en tu casa, báscula entre dosis equilibradas de familiaridad y coqueteo. A él le encanta, es un seductor, hubiera sido un buen padre para ella. Adina es la única que parece notar tu aparición y se cuelga de ti como un koala, estira su plato y le sirves cereales, cereales dorados que caen y rebotan sin que Fernanda se dé cuenta, se los tiene prohibidos. Emma, te dice la niña, agradecida. Y repite: Emma. Qué dulce suena tu nombre en los labios de tu nieta. Su olor, su risa, su pelo. ¿Te quedas con ella, mamá? Elio y Fernanda salen conversando como viejos amigos, es un milagro que te dejen a Adina sin una lista de instrucciones. Cuando regresan cargados de paquetes, Adina corre hacia los brazos de su madre y sientes una punzada de celos.

–¿No ves que se ha hecho pis?

Fernanda siempre comienza sus frases con un reproche, como si no pudiera entrar en el territorio del afecto sin atravesar una barricada de hostilidad. Luego se calma. Te gustaría contestarle algo desagradable, pero te reprimes. Elio está colocando la compra, hay vino y comida como si fuera a haber escasez, todo es carísimo. Pero no ha vaciado su maleta. No dices nada y lo dejas actuar.

–¿Te acuerdas de la abuela? –dice de pronto Fernanda–. Le encantaba peinarme.

Tu madre, siempre dispuesta a inocularte su frustración, su ansiedad. Dispuesta a ver el lado malo de las cosas. La recuerdas, claro, aún no has logrado liberarte del todo de su influjo. Piensas que la única manera de sobrevivir a la relación madre-hija es divinizándola. El mito de la madre perfecta. Qué coñazo. Te calmas alejando tu mente de allí, distraída miras por la ventana los brotes de los árboles. En la Patagonia hay unos pinos que estaban allí durante la guerra de Troya, y que han generado madera y madera sobre leños sin vida, muertos y vivos al mismo tiempo. Estaban ahí cuando se escribió la *Odisea*. Cada vez te atraen más esos seres pacientes y misteriosos, superiores a ti, que no participan de tu forma de inteligencia y que parecen burlarse de la condición humana. Hace semanas que no llueve. Recién comienza junio y ya asoman los incendios.

Sales a caminar. Cuando regresas no hay nadie, solo una nota de Elio. «Estaré fuera esta noche», dice. Siempre escribe con pluma. Su letra es clara, segura, elegante. Te gusta la idea de que no esté. Te sientes mal por sentirte bien. No irás a la piscina.

Es tarde cuando decides abrir una botella de vino y llamar a Jan. Aparece con una camiseta que deja al descubierto tatuajes y músculos, se ha rapado la cabeza y el aspecto de coloso solo se ve mitigado por su expresión. Bebéis en silencio.

—¿Y el viejo?

—No vuelve esta noche. ¿Y tu chica?

—¿Qué chica?

No consideras viejo a Elio. Aunque es mayor que tú, estáis fijados en el momento en el que os conocisteis. Casi te gusta más con su culo blando, los suspicaces ojos claros bajo los párpados caídos, el cuerpo transitado, la complicidad estimulante. Ese instinto mordaz de asesino que despliega solo en sus libros.

Te levantas con resaca y pasarás el día sola entre dolores de cabeza y la escritura de una sola frase que redactas y vuelves a tachar y vuelves a redactar y vuelves a tachar, esa dinámica en bucle empieza a darte placer. No sabes ni de qué estás hablando. ¿Sobre muertos? ¿Sobre vivos? ¿Sobre la relación madre-hija? ¿Sobre árboles? ¿A dónde vas? Vuelves a sentir la pulsión de cambiar los pronombres, pero te controlas, es tu placer masoquista. Tecleas y le das a borrar, piensas que lo de antes estaba mejor, pero no haces ningún esfuerzo por recuperarlo. En el cajón de tu escritorio has guardado unas semillas. Te dices que deberías quedar con Adina para plantarlas, es importante que aprenda, mañana comprarás un tiesto y un poco de tierra.

Cae la tarde cuando recorres la escollera y vuelves a ver a Jan con la chica. Lleva la misma ropa que por la noche y ella, que acaba de salir del mar, está desnuda sobre una toalla, el pelo muy pegado a la cabeza. Tiene que estar temblando. Su cuerpo es liso y moreno, el pecho plano con grandes pezones oscuros, el pubis una mariposa de tinta. Jan intenta sostener una caracola sobre el ombligo de la chica, pero no lo logra. En lo alto, una rapaz dibuja círculos cada vez más amplios.

Decides visitar a Fernanda y la encuentras de un humor excelente, el pelo le cae suave sobre los hombros.

—Mi primer trabajo importante —dice entusiasmada, cubriendo sus dibujos con el antebrazo—. Si te apetece, mamá, llévate a la niña.

Suele decirte Emma, y no mamá, y lo ha dicho con un tono casi infantil. Te sientes desconcertada por su necesidad de cuidado, siempre te ha resultado más sencillo lidiar con las rabietas de Fernanda que con su cariño. Reconócelo: tampoco tú eres fácil.

Por fin pasearás con tu nieta y le enseñarás a plantar, pero piensas también que tu hija trabaja mientras tú pierdes un valiosísimo tiempo de escritura. Anotas en tu cabeza: la culpa es el reverso del amor maternal, y te dejas arrastrar por la mano tibia de la niña. Entre el verde oscuro de los árboles y la hojarasca, atravesáis el pinar.

—¿Por qué huelen los árboles? —te pregunta la niña.

—El perfume es su manera de conversar.

Adina encuentra las cabezas amarillas de los narcisos trompeta y chilla de gozo. Te sacas la goma del pelo y haces un ramo.

Cuando abres la puerta, Elio está sentado de espaldas, apuntando algo en su cuaderno. La pequeña corre hacia él y le extiende las flores. No dice «abuela», pero sí «Elio». Vas a cambiarte y, cuando vuelves a la sala, Elio está dormido con la pequeña en brazos. La llevas a la cama y cierras el cuaderno que ha caído al suelo. Arrullada por la presencia de ese hombre querido, te sientas a escribir. Nada. No se te ocurre nada. Quizá sea hora de dejarlo, es el momento de cuidar de tu nieta, usar pantuflas, hacer ganchillo y comprarte un sillón orejero. Quizá debas comportarte de una buena vez como una abuelita de verdad. La escritura, querida y odiada, de la que eres incapaz de huir, el cansancio. Tu maldita capacidad para inventar personajes y verlos por todas partes mientras ellos también te miran y piden instrucciones. Estás frustrada, pero de pronto te sientas frente al ordenador y, con hermosas palabras, una historia comienza a fluir a borbotones.

La noche se está desvaneciendo cuando decides meterte en la cama, si no te acuestas antes del alba ya no podrás dormir. Por la ventana ves pasar a Jan borracho, estás a punto de llamarlo, pero dudas, Jan es como Telémaco, siempre buscando algo. Apagas la luz. Elio, desparramado en el centro del colchón, duerme desnudo. Sobre su mesilla hay párrafos tachados, marcas de colores, la fotografía de una muchacha con sus mismos ojos. Te duele el cuerpo y rejuveneces acurrucada contra su espalda. Tus últimas páginas han fluido con tanta facilidad que tienes la certeza de que están mal.

Duermes hasta tarde. Elio ha puesto frente a Adina un plato de fresas y te enfadas porque te han dejado dormir, has perdido horas de la mañana con la niña, te acercas a besarla y la olisqueas. Qué dulce es. Cuando eras pequeña, tu madre llevaba fresas a casa como si fueran rubíes, una fruta cara y escasa que llegaba con su roja procesión de aromas. Adina empuja el plato y la fruta cae al suelo. Estás a punto de regañarla, pero te contienes y regresas a aquel día en el que se lanzó a llorar y tú, al tendérsela a Fernanda comprendiste que como abuela te tocaba lo mejor, ya sin fantasías ni hormonas adormecedoras. Recuerdas cómo era de verdad ser madre, esa exigencia tenaz, y disfrutas de la felicidad de no serlo. No tienes por qué enseñarle nada, ya no es tu obligación, de modo que no la regañas. Fernanda aún suele juzgarte con unos ojos acerados que cortan el aire. Es madre como ha sido hija, crítica, omnipotente y solitaria. En el acto te arrepientes de tus adjetivos, ¿quién eres tú para juzgarla? Cuánto has querido a esa niñita que todavía está ahí, encerrada dentro de una mujer huraña. La infancia de Fernanda y su procesión de fantasmas: el hermanito muerto, el padre sin rostro. Había crecido en los alrededores de la vida de los demás, expulsada de su propia historia.

Por la calle cruza un gatazo blanco que te taladra con sus ojos azules. Adina tiene los ojos azules también, inocentes. Te estudia provocativa mientras escupe una fresa. La recoges del suelo, te la metes en la boca y estalla en el paladar. El suelo está cubierto de espumarajos rosados.

Más tarde apuntas:

«Inventar la vida de la niña, imaginar mi muerte. Ir hacia ese abismo como si fuera una sirena boqueando en el fondo. Las sirenas de Ulises, esos monstruos, cabezas, patas y alas». Siempre Ulises. *Canta, oh diosa, la historia del hombre de muchos caminos.* Escribir es cantar y fantasear con la eternidad, escrutar la muerte, la tuya, la de todos. Sentir pena por tu propia ausencia, llorarte. ¿Qué hará Fernanda con tus cosas? ¿Las venderá en un mercadillo? ¿Serán para Adina? Ah, no, ese florero no quiero que lo venda, tengo que dejarlo por escrito. ¿Todo lo resuelves con la escritura? Demasiado afán de control, querida Emma. Cómo será Adina dentro de veinte años. ¿Una Penélope que espera a un hombre? ¿Una viajera? La niña sigue aplastando las frutas, las mezcla con los cereales que has dejado a su alcance, el suelo parece de sangre. No, no la verás crecer, pero puedes inventarte su futuro. Es como una maldición: cuando algo anida en tu cabeza solo puedes liberarte si lo sueltas sobre el papel. Tu maldita cabeza, que se independiza y vaga por ahí. Como su madre, Adina tendrá una preciosa cabellera dorada, una trenza larga que se cortará un día en señal de duelo. O de liberación. Una trenza gruesa como una maroma. Te gusta la imagen.

Dejas de escribir y te dedicas a espiar a Elio. La foto de la hija sobre la mesilla, su ropa junto a la tuya, los cuadernos en tu despacho, la despensa rebosando de productos lujosos, y esos malditos cereales que compra sin contención, como si toda su alimentación estuviera contenida en una caja de Golden Food. Revisas sus papeles, los cuadernos: «X mata por: ira, venganza, ¿monotonía? Situar la novela en el norte, junto al mar». «Historia de amor entre personas mayores. Él es un enfermo terminal. Ella, una escritora todavía guapa, sin demasiado éxito». O «ya no es guapa, sino elegante». Qué frasecita siniestra. Si esa sarta de lugares comunes fuera tuya te pegarías un tiro. Piensas en otro comienzo: «Cuando comprendió que su amante se mudaba a vivir con ella, comenzó a tramar el asesinato». Sonriendo, devuelves las notas a su lugar y te sientas frente al ordenador.

Y, entonces, los benditos pronombres otra vez, la tercera persona. «Ella» es ella, la socorrista, no tú. Hace días que te coloniza la cabeza. Escribes:

«Al volver del polideportivo, ella soñó que soñaba que alguien la estaba ahogando. Después de que se fueran todos los bañistas, la socorrista había aprovechado para nadar. Nadar, sumergirse, dejar que la angustia pesara sobre ella. Le gustaba trabajar de socorrista en estos pueblos donde nunca pasa nada, le quedaba espacio para leer y pensar».

¿Leer y pensar? No, mejor, «leer y pasear». O «pasear y pensar». O «pensar y pasear».

«Esa noche había prometido a Jan contestarle, y no sabía qué decir. Le gustaba Jan, los meses en el pueblo hubieran sido más arduos sin él, pero la idea de compartir intimidad la hacía temblar, le producía un fuerte deseo de huir. Se puso una camisa negra. Si se hacía una coleta parecería china. De pronto una sombra saltó junto a la ventana. Era un gatazo blanco que empezó a arañar el cristal y a lanzar maullidos siniestros. Lyuba –porque la socorrista se llamaba Lyuba–, abrió la ventana y el gato, buscando una amiga, fue a frotarse contra sus piernas. Acarició el pelo suave, el esqueleto ágil. Se miró en el espejo y toda la confianza que había sentido un rato antes ya no estaba ahí. En realidad, no sabía nada de Jan, no tenía por qué fiarse de sus maneras tiernas, algo en él le parecía ominoso. Demasiado alto, demasiado fuerte. Los tatuajes. Eso, que la asustaba, era también lo que la atraía. El gato, sobre la alfombra, estaba lamiéndose una pata. Una lengua rosada, áspera, húmeda, repugnante. Lyuba cogió el peine y comenzó a peinarlo, cuando el animal la aceptó, con un gesto rápido le clavó las agujas en el lomo. El gato, sorprendido, saltó, Lyuba abrió la puerta y le dio una patada. Sonríe mientras lo oye gemir, escaleras abajo».

Pensando en lo que escribes tocas el fondo de gresite y te impulsas hacia la superficie. Por la calle de los nadadores rápidos un chico avanza con un estilo impecable, te lanza una mirada asesina, sus brazadas casi no inquietan el agua. La socorrista sigue enfrascada en su libro. Parece asiática, aunque también podría ser latinoamericana. Intentas espiar qué está leyendo, pero resulta imposible.

Adina ha tenido una tarde terrible. Cuando dejó de lanzar fresas contra el suelo zapateó sobre los Golden Food que crepitaron bajo tus pies, se puso a gritar llamando a su madre. Fernanda te había dicho cien veces que no le dieras azúcar a la niña. ¿Por qué no le has hecho caso? Reconócelo: también tú compites con tu hija. Ya no estás para cargar niños, piensas, y ubicas el punto de dolor en la columna. Le has prometido a Elio que buscarás su chaqueta en el tinte, tienes que contestar algo a la invitación del congreso en Moscú. ¿Por qué haces tantas cosas que no te interesan? Moscú te trae buenos recuerdos, aunque por momentos es una ciudad horrible y te da pereza viajar. Más que escritora, te hubiera gustado ser bailarina, pero tu madre había cristalizado tu entusiasmo con unas tardías clases en las que habías comprendido que tenías ritmo y eras flexible, pero nada más. Tu madre: siempre has supuesto que tú lo hacías mejor que ella, parecía tan fácil superarla, pero ya no lo tienes tan claro. Quizá si hubierais podido hablar, pero nunca le diste la oportunidad, no sabías cómo acercarte a ella. Si vas a Moscú, piensas, por qué no ir hasta el Círculo Polar Ártico, donde los rusos ya no son rusos sino esquimales. Historias que se bifurcan, el dédalo de la imaginación retorciéndose sobre sí mismo. Proyectos que abandonas y que, déspotas, reaparecen. Sacas la cabeza del agua. Tu madre y los silencios. Agitada, respiras.

Cuando Lyuba soñaba con su padre se despertaba ahogándose. Dónde estaría él, después de que huyera en la nieve. Un recuerdo blanco y sonoro: la tienda de pieles con la estufa en el centro, el fuerte olor a leña, sus hermanos, el maullido del viento o el silencio radical. Ese lapso horrible en el que se quedaron solos. El más pequeño ya casi no lloraba y Lyuba tenía los brazos agarrotados de tanto acunar a niños con hambre. La mirada absorta de los niños con hambre. Según la tradición, los pastores de renos se hacen cargo de los pequeños que quedan huérfanos, pero aquel invierno fue tan severo que nadie se pudo acercar y tuvieron que rescatarlos con helicópteros, Lyuba corrió con un pañuelo rojo para señalar dónde estaban. Un pañuelo rojo, como esa primera sangre que su padre le había arrancado. Luego el hospital, el orfelinato, las casas de acogida. ¿Huía? Tal vez. Lo que le había pasado era un tormento silencioso que nunca dejaría de suceder.

Jan.

Trató de quitárselo de la cabeza. Sus hermanitos, ¿dónde estarían? Si volviese a encontrarlos, quizá no los podría reconocer.

Fernanda ha terminado por fin de dibujar la primera página de su proyecto, es demasiado exigente, no suele sentir satisfacción, pero desde hace unas semanas todo lo que hace le parece bien. Mientras limpia los pinceles y recoge la mesa piensa que le gustaría compartir esta sensación con su madre, tal vez hacer un libro juntas. ¿Le gustaría escribir? Sí. Por qué no. Apunta ideas, frota la superficie de la mesa hasta dejarla brillante. Imagina: ella y Emma juntas en esta misma mesa, compartiendo, debatiendo sobre si… De pronto su madre descubre la manchita, tuerce el gesto, pero no dice nada. Fernanda frota con ira la mancha imaginaria. ¿Su madre relajada escuchándola? Imposible. Emma siempre compite y reacciona mal, están atadas por un vínculo donde el silencio y los malentendidos cavan su propia trinchera. Cuánto le gustaría que las cosas fueran más confortables. En realidad, no tiene nada que reprocharle, su vida ha sido dura y aquí están las dos, sobreviviendo. Hace el intento de ponerse en su lugar, pero no lo logra. Ojalá que con Adina todo resulte más fácil.

Los nenet son un pueblo esquimal que vive al norte de Siberia y que los rusos consideran propio. Son nómades y habitan tiendas cubiertas por piel de reno, se mueven en trineos empujados por renos. Visten abrigos superpuestos de piel de reno, comen carne de reno cruda y beben su sangre caliente. Hay renos huérfanos que se crían en las familias, también renos sagrados. Su vida consiste en el pastoreo, en acorralar a los renos, hacer mantas con piel de reno, juntar musgo para el invierno, construir trineos y, en verano, en la pesca.

Como tengas que escribir una sola vez más la palabra «reno» vas a vomitar. Estás por prepararte un caldo cuando aparece Elio. Tiene sus llaves y llega sin avisar, te parece que su figura emana frío y piensas que tanta nieve te ha dejado trastornada. Se sienta en el sillón, parece que respira con dificultad. Un rato más tarde, como si estuvierais sincronizados, os lleváis la cuchara a la boca. La calidez y la sémola bajando por la garganta, el consuelo de los actos cotidianos, la mirada de Elio entibiándote el corazón.

–¿De verdad has cumplido setenta?

–He postergado lo de ser vieja hasta los ochenta. Ahora soy una mujer «elegante». Elio se sobresalta.

–Siempre tendrás la edad que tenías cuando nos conocimos –dice. Incómodo, recoge su plato.

Antes de dormir Elio repasa sus notas, como si el sueño fuera el encargado de organizar el caos de la ficción. Qué envidia. Sospechas que tal vez, cuando duermes, estudia tu cuello con ansiedad. Imaginas el titular del periódico: «Mujer elegante aparece estrangulada». Dos horas más tarde te despierta un sonido entrecortado. ¿Apnea? Es el gatazo blanco que está cavando entre las margaritas. Levanta la cabeza y te chocas con sus ojos fríos. Abre la boca, ves la lengua rosada, el tierno paladar, los dientes. Sientes el deseo de hacer algo cruel.

Le ha pedido que se casen, por primera vez le ha dicho eso a una chica, él, que es un vagabundo, un solitario que nunca soñó con tener familia, se lo pidió a Lyuba porque, para conseguirla, no podía hacer una apuesta más alta. Estaban en un restaurante, una invitación sin precedentes, el más caro, o el más exclusivo, o el menos apropiado, rodeados de gente de otros mundos, corbatas, tacones, anillos de brillantes, Lyuba escuchó la pregunta con la copa en el aire, retiró la mano que él sostenía para esconderla en su regazo. Se apagaron las luces, la comida se volvió sosa, el champán ya no tenía burbujas. Sí, todo retrocedió y Lyuba lo estudió asustada, retiró la mano, parecía que se iba a levantar, pero se contuvo. Llevaba un vestido negro y brillante, con un escote infinito. Jan se sintió dolido con su silencio y ella tardó demasiado en preguntar qué dices, Jan, ¿casarnos? O vivir juntos, negoció él. O probar. O algo, siguió rebajando, y de pronto sintió que no era eso lo que quería, estaba atravesado por un deseo tan punzante que lo volvía loco. Lyuba actuaba como un brazo de mar que aparece y desaparece, jugaba con él, qué difícil interpretar sus señales. Mientras el camarero retiraba los platos casi sin tocar, Jan se rascó la cabeza, las agujitas del pelo que ya estaba creciendo. Ella bajó los ojos, se hundió en algún pensamiento oscuro. ¿Esto es el amor, pensaron, quizá, los dos? ¿Esta incertidumbre? Era noche cerrada cuando caminaron bajo la luz silenciosa de las estrellas. En la puerta de su casa Lyuba sonrió más tranquila, y se detuvo, como esperando algo. Pero cuando Jan se acercó a ella para besarla le pareció que retrocedía.

Todos a la vez, los recuerdos vienen a susurrarte, hay que seleccionar lo que sirve, lo que te ayuda a vivir, lo más oscuro triunfa, ese pantano donde chapotea el tiempo. La carne viva del viejo dolor: tu pareja y su desaparición, la soledad, el año de duelo en un pueblo perdido. Hace ya tanto. Pero ese tiempo no pasa, está clavado en el sentido contrario del tiempo. Tú leías la *Odisea* y era el año de las Olimpíadas en Barcelona. Luego el accidente.

El accidente.

El accidente.

Tu hijo en un charco de sangre. ¿Cómo se supera la muerte de un hijo? Nico para siempre en un charco de sangre. ¿Duele más vivir o matarse? Las formas de la anestesia: somníferos, sedantes, alcohol, un hombre sin rostro para reemplazar a un fantasma, una niña para reemplazar a un niño. Suena monstruoso. ¿Eres esa misma mujer? ¿Esa joven? ¿Has cerrado, como un árbol viejo, tus anillos sobre ti misma, para que retengan vida? El recuerdo es un rescoldo ardiente al que temes acercar la mano. La memoria donde ardía. Como si hubiera un río que se desborda dentro de ti, lloras mansamente. En medio del dolor, llegó Fernanda. ¿Habías sido justa con ella? En absoluto. ¿A quién le sirve una madre anestesiada? Por fin, cuando te estabas hundiendo, apareció Elio.

Lyuba no sabe olvidar. Se lo dice a sí misma cuando cierra la puerta tras Jan, se quita el vestido y lo pisotea. No sabe olvidar ni quiere, el dolor es lo que sostiene su esqueleto. El asombro radical del desconsuelo en el que se refugió en los primeros tiempos, la tristeza, el miedo, pero nada sirvió para pacificarla. Siente que, si se despegara de ese dolor perdería el equilibrio y dejaría de existir. Atrincherarse en su cuerpo devastado. Todo va bien mientras no tenga que cuidar ni de una planta, ni de un animal, ni de una casa, ni de una familia. Una vida de alquiler. Jan ha llegado para quebrarla con su dulzura, con su ignorancia temeraria del dolor. Él, que espera una respuesta. Él.

Al principio mantuvisteis en secreto vuestra relación, el mundo de los escritores es puro chismorreo. Elio te invitó a visitar Moscú y recuerdas tu miedo, el desgarramiento de dejar a Fernanda, cómo la echaste de menos y recuerdas también que, por primera vez, desde la muerte de Nico, pudiste, de a ratos, olvidar.

Elio arrastraba tras de sí bandadas de admiradoras y pronto recibiría algún premio de esos de los que no hay vuelta atrás. Te llamaba la atención que esas mujeres, siempre tan jóvenes, no se dieran cuenta de que algunos escritores son hombres talentosos pero consentidos e inútiles, que saltan de privilegio en privilegio, abusando de la energía de quienes los rodean. Tú sospechabas de esas criaturas mimadas por el exceso de adulación a los que, por el bien del arte en general, tendrías que dedicar la vida. Ya habías vivido con un artista, y sabías lo suficiente sobre el ego de los hombres famosos, no volverías a caer en esa trampa. Eras viuda, habías perdido un hijo, y no querías que nada te comprometiera, acababas de publicar una novela con cierta repercusión y necesitabas tiempo para ti. Eso, además de Fernanda.

En este marco Elio era perfecto, porque no despertaba en ti pasión, sino un sentimiento tibio y confortable. Era capaz de repartir sonrisas en los momentos más tensos, de acariciarte la cabeza mientras te preguntaba en qué estás pensando, de invitarte a cenar justo en el momento más adecuado y, si no le contestabas, se perdía en sus propias ensoñaciones y no insistía jamás. Te llamó la atención que, entre la nube de aduladoras, te eligiera a ti, que eras mayor e indiferente a su éxito, pero supusiste que era porque no le exigías nada.

En Moscú el romance se hizo público, pero eso no cambió las cosas. Cuando regresaste, cargada de culpas y de regalos para tu hija, tu madre te miró con acidez y Fernanda, en lugar de alegrarse, lloró aferrada a su abuela porque no quería regresar a casa. Había cambiado y, en lugar de la cría alegre y dicharachera que habías dejado, encontraste a una niña perfecta. Como si esa perfección fuese una forma de venganza.

Mientras besas a Elio, sientes que todo lo has hecho un poco mal y que, como abuela, tampoco eres un portento. Da lo mismo. Hagas lo que hagas, Elio siempre será más generoso que tú, y Fernanda siempre te va a reprochar algo.

Por la mañana encuentras sobre el felpudo un pajarito muerto. Tiene la cabeza desgarrada, algún depredador te lo ha dejado de regalo, las plumas, sucias de sangre, no retienen nada de esa vida que huyó. A su alrededor se atarean las hormigas. Lo recoges con una pala, soplas, lo acaricias con un dedo. Donde no hay manchas de sangre, las plumas irisadas son todavía suaves. Qué fea es la muerte. Lo envuelves en papel de cocina e intentas cavar una tumba en el jardín, es buen destino convertirse en abono, pero hay tantas piedras que la pala rebota, te diriges al bosque y dejas el pajarito al pie de un árbol. Para huir de la imagen del pequeño ser abandonado, te pones un vestido alegre, coges un chal porque pronto se levantará el viento, llamas a Jan. En silencio bajáis a la playa. La luna, inmensa, siembra en el agua virutas de plata, huele el aire a libertad. En la costa, Jan recoge caracolas y las lanza al mar, rebotan entre círculos temblorosos. No habláis de nada concreto. Las palabras, volátiles, sinceras, dan cuenta de la alegría de encontrarse. El placer delicado de esa amistad. Como si tu pensamiento siguiera en voz alta, le preguntas:

–¿Y la chica de la playa?

–¿Qué chica, Emma? ¿Por qué me preguntas siempre por ella?

Te das cuenta de tu torpeza y guardas silencio. Jan habla poco de cuestiones sentimentales, pero suele responder a las preguntas directas y ahora se ha cerrado como un molusco. Ves, entre el pelo que le empieza a crecer, el primer brillo de las canas. ¿Así era el amor? ¿Apasionado, salvaje, sin esperanza? Tardes de angustia, arrebatos furiosos, el ardor de ese fuego que tal vez no sentirás nunca más. Piensas en esa exaltación que te ha llenado y que te ha vaciado. Piensas en Elio. En tu hijo, que tendría la edad de Jan. En el pajarito muerto. ¿Qué es mejor? ¿Ser joven o ser vieja?

Sobre una piedra, como si estuvieran esperando algo importante, las gaviotas miran a poniente. Te tomas del brazo de Jan y sientes la fuerza de la sangre que bombea vida. Lleva una camiseta negra y, en el brazo desnudo, un tatuaje que baja desde el hombro hasta el codo: es un gatazo blanco que lleva un pájaro en la boca. Sisea sobre la arena el mar, se va comiendo la playa. Cuando la oscuridad lo engulle todo, las gaviotas ya no están.

En casa no hay nadie. Lees tus mensajes, buscas notas, pero estás cansada, los personajes huyen. Además, tienes hambre. ¿Cómo se llamaban los cereales que devoraba tu nieta? Encuentras la caja. Lees. Ah, sí. Los Golden Food. Definitivamente no puedes escribir, solo tomas apuntes de lo que encuentras: «Dicen que algunos pueblos esquimales abandonan a los ancianos sobre un trozo de hielo y lo arrastran mar adentro». ¿Por qué no empujarlos directamente desde un acantilado? Recuerdas la pandemia, y el abandono en las residencias. «Solo se están muriendo los viejos», repetían, para no angustiar a la población. Enclaustrada, festejaste tu setenta cumpleaños por Zoom, y todo el mundo se esmeró en simular una sonrisa de felicidad.

Fernanda te ha pedido otra vez que cuides de Adina, que duerme en el sillón. La estudias y te estremeces, pocas cosas hay más hermosas que un niño dormido. Te asomas a la ventana. Bajo la única farola de la calle, Jan, con las manos en los bolsillos, patea piedras invisibles. La luz circular esculpe sus músculos y los tatuajes de los brazos brillan. Te sorprendes mirándolo con ternura. ¡Jan!, susurras, para no despertar a la niña, ¡Jan!, y le haces una seña para que se acerque. Pero él te saluda desde lejos y te hace un gesto que no terminas de entender.

Qué gusto, la casa para ti, Adina durmiendo. Te sirves un vino. Mientras guardas la ropa que has traído de la tintorería piensas que nunca lees lo que Elio escribe. Él, en cambio, se sienta con un lápiz en la mano y llena de apuntes y signos de admiración los márgenes de tus páginas. Son comentarios estimulantes, positivos, rara vez critica algo. Por eso no le crees. En realidad, no estás de acuerdo con casi ninguna de sus observaciones, pero el simple hecho de que alguien se tome la molestia de leer tus borradores te llena de una confianza agradecida. Estás por cerrar la ventana, pero te quedas mirando el mar.

A través de la puerta de la cocina, Fernanda observa cómo su madre, desde la ventana del salón, mira el mar. Es una construcción en abismo, una imagen dentro de otra imagen, el juego de las muñecas rusas. El trabajo está bien encaminado y solo le queda sumar horas frente al papel. Se pregunta si su madre, cuando escribe, pasa por lo mismo, cada libro esa incertidumbre dolorosa, la sensación de que nada que valga la pena saldrá de la punta del pincel, los dedos entumecidos, la cabeza como un bloque de cemento. Seguro que no, piensa Fernanda, para Emma todo es fácil. Estudia la espalda todavía recta de su madre y se pregunta en qué estará pensando. La recuerda siempre abstraída, o saliendo de una ensoñación, simulando que está atenta, de pronto un destello en su mirada, como si hubiera comprendido algo importante que está un poco más allá. ¿Algo en qué nivel? ¿En el de la realidad o en el de la ficción? Elio, en cambio, trabaja como quien va a la oficina, con un horario fijo que jamás transgrede, parece que jugara. Quién mató a quién, con qué lo mató, cuáles son sus motivaciones, plantear el final antes que el principio, oficio puro, una producción casi en serie, una factoría que nunca invade la cotidianeidad. El resultado es siempre el mismo: un libro que jalean los medios, colas de lectores emocionados pidiendo firmas y una montaña de dinero. Qué agradable. Fernanda lee todo lo que escribe Elio, los artículos que se publican sobre él, busca sus entrevistas, lo escucha por la radio. En cambio el pudor le impide leer a su madre. Su madre siempre cansada, trabajando para becarse a sí misma, robando horas al trabajo, y cuando el libro está listo, la búsqueda de editorial, su fortaleza frente a las negativas, el desconcierto o la indiferencia de los lectores. En cada charla, en cada encuentro, la duda, ¿de verdad vendrá alguien a escucharme? Ese tesón. Sabe que ha llegado hasta aquí trepando por un muro enjabonado y siente ganas de consolarla. Golpea el cristal, abre la puerta, y le llega la brisa vigorosa del mar. En un sillón está durmiendo Adina, cubierta por una manta de lana que muchos años antes había tejido Emma para Fernanda. Se revuelve y abre los ojos, al ver a Fernanda extiende sus bracitos y entonces ella siente que su hija es lo más importante del mundo, lo único digno de esa generosa fascinación.

¿Te casarías conmigo?, te pregunta Elio, mientras su mano repta sobre la mesa y atrapa la tuya, mirándote fijamente con sus ojitos burlones. ¿Te casarías conmigo, Emma? ¿Qué te parece si nos casamos, eh? ¿Qué te parecería?, repite, como si necesitara decirlo en alto para convencerse a sí mismo. Estiras la mano y acaricias su melena de duende. Te levantas y retiras los platos, sirves más vino.

–¿Te estás muriendo, Elio? ¿Vienes aquí para que te cuide?

–Es la respuesta menos romántica que he recibido en mi vida –ríe–, voy a utilizarla en alguna novela. Me estoy muriendo como todos, Emma, cada día un poco, pero no planeo dejar mi lugar vacante en las próximas semanas. ¿Y tú?

–Desde que estás aquí me está matando el alcohol.

Arrepentida por tu respuesta hostil, te sientas sobre las faldas de Elio. Él te recibe con entusiasmo y te besa en la espalda, pero casi enseguida te pide que te levantes, le estás haciendo polvo una rodilla. Ríes con él.

–¿Te parece que estamos en condiciones de organizar una boda? Además, tengo que terminar mi historia.

La pregunta de Elio te ha despertado un deseo incontenible de azúcar. Vas a la cocina y, con la ansiedad de una adicta, descubres en lo más alto del armario los cereales de la niña. Con los ojos brillantes miras a Elio.

—Si nos casamos, ¿me llevarás a un largo viaje en coche? Siempre he soñado con un viaje así. ¿Un mes, en hoteles caros, vagabundeando solos los dos, entre libros y paseos?

—Claro, Emma, iremos a donde quieras. Tengo esto para ti.

Y va hacia su equipaje, saca de la maleta una caja de terciopelo con un sello de Moscú.

—Lo compré para ti.

—¿Cuándo?

—Cuando nos conocimos, en aquel primer viaje, pensé en dártelo cuando nos casáramos.

Horrorizada, piensas que la caja esconde un anillo, pero no. Dentro hay un broche cincelado en un camafeo que tiene tallado un niño cabalgando sobre un delfín. La pieza es antigua, pero la factura moderna es bellísima, una aguja larga como cierre. Una pequeña daga.

—¿Desde Moscú?

—Sí, Emma, he querido casarme contigo desde que te conocí. Pero no me gusta fracasar, así que esperé el momento adecuado.

Casarte con él, por qué no, no hay en el mundo una persona más bondadosa que Elio, y pocas cosas te parecen más atractivas en un hombre que un buen corazón, esa bondad que es una forma superior de la inteligencia. Pero ¿verdaderamente tienes ganas de casarte? ¿Hasta que la muerte os separe? Miras la daga. Parece una incitación al asesinato.

Si Lyuba aceptaba, Jan se vería arrancado de su vida, siguiéndola quién sabe a dónde, quizá a Rusia o al Polo Norte, a ese mundo en donde ella había sido infeliz. ¿Era eso lo que quería? ¿Qué le había pasado allí? Nunca hablaba de ello. Pensó en el amor y en su sufrimiento. Pensó en sus propias esperanzas y sintió que se arrimaba al borde de un precipicio. El cuerpo de Lyuba, esos senos minúsculos que no le dejaba tocar, los labios huidizos, sus gestos de animalito asustado. Se ovillaba en un sillón y lo miraba con unos ojos acuosos que lo desarmaban. Era tan bonita. Pensó en su cuerpo desnudo, que ella exhibía sin pudor en la playa, pensó también en sus reticencias, en ese dolor abisal que a veces asomaba. Había decidido esperar. ¿Qué clase de amor no tiene paciencia? Pero el deseo lo estaba volviendo loco. ¿Por qué se estaba ahogando en una historia tan complicada? Quizá lo mejor sería seguir con mi vida, pensó. Y soñó con dejarla libre. ¿Dejar de verla? ¿Abandonarla? Al imaginar el mundo sin Lyuba sintió que le faltaba el aire.

Estos cereales me hacen imaginar tonterías, dijiste, riéndote, Fernanda debería darle menos azúcar a su hija. Elio se sirvió otra copa y te miró.

—Eres tú la que tiene que aprender a contenerte, devoras cualquier dulce que te dejen a mano.

—Me llamo Emma y soy una adicta.

—Hola, Emma, te queremos —respondió él.

Llamó Fernanda preguntando si se había dejado aquí los Golden Food.

—Adina está llorando desesperada, mamá, por favor, no te los comas, mañana es festivo y estará todo cerrado, te pedí que no empezaras a darle azúcar, ahora está enganchada.

Elio te arrancó el móvil:

–Dile a tu madre que si come tantos cereales va a terminar flotando como un globo.

–Ay, mamá –protestó Fernanda con tono agrio, y cortó.

Te acercas al vivero y estás tentada de comprarte un arce, pero te dan miedo sus raíces invasivas, esa maraña que coloniza todo, y te quedas pensando en lo que traman los árboles en la oscuridad, en la red de información que comparten entre el humus y las tinieblas. ¿Así de oscuros son tus sentimientos? ¿Es así tu relación con Elio?

Necesitas pensar y paseas por el bosque. Los narcisos que recogiste con tu nieta ya no están, las hojas de los bulbos se están secando y pronto desaparecerán para dejar espacio a la densidad del verano. Desmayados por el calor, los helechos viran hacia un tono cobrizo. Elio no ha vuelto a comentar sus proyectos de boda. Quizá necesita una tregua, o su silencio es una manera respetuosa de dejarte decidir. De todas maneras, la convivencia fluye con una armonía inesperada. Fernanda se ha vuelto casi cariñosa, gasta tiempo y energía en su proyecto, avanza con el vigor de un transatlántico, quizá por eso no le quedan ganas de pelear. Y Adina adora a Elio. Para qué casarte, piensas, para qué cambiar, si todo está bien. Sin embargo, en este día soleado, te gustaría hacer algo diferente. Imaginas divertida el viaje posterior a la boda y no sabes si, a vuestra edad, se llamará todavía «luna de miel».

Los días son cálidos.

Todavía frente al espejo, Jan se dice que estaría bien frenar un poco. Necesita que lo toquen, una limosna de ternura, la distancia que le impone Lyuba lo quiebra. También se siente injusto. La verdad es que ella no ha aceptado ningún compromiso, y eso que él ha desplegado a sus pies todo su catálogo. Una semana más tarde de la fatídica escena en el restaurante se acercó a su casa. Lyuba olía a jabón de bebé y estaba envuelta en una toalla, el pelo mojado le daba latigazos en la espalda. Se retorció la cabellera en un moño, lo recogió en lo alto de su cabeza, lo dejó entrar y se sentó en el suelo, desde un vértice de la habitación vacía lo estudió con sus ojitos oblicuos. A Jan le pareció un animalito acorralado.

Sí, era verdad, necesitaba una noche loca. Una pausa. Lyuba no tenía por qué enterarse y, si lo sabía, no le iba a importar, su dolorosa indiferencia la protegía del fracaso. Buscó en la aplicación y saltó una rubia muy llamativa, con cuerpo de bailarina. Una noche es solo una noche, se prometió Jan mientras comenzaban a chatear, pasara lo que pasara solo duraría una noche. Más tranquilo, pensaría qué hacer sin este deseo que le bloqueaba los pulmones.

Sin ningún cambio aparente, te viste escribiendo todo el día. Siempre te sucedía así, el desánimo, la espera y, por fin, el torrente de palabras, el entusiasmo al redactarlas, la depresión al releer. ¿Por qué los textos eran tan geniales cuando los tenías en la cabeza y tan penosos en el papel?

Los nenet y el frío, la nieve cubriéndolo todo, los mamuts dormitando bajo el manto inclemente del hielo, el horror infinito de una chica violada. Desechaste la idea de los viejos flotando sobre un trozo de hielo, no estaba demasiado claro que se dejaran abandonar sobre un témpano. La enciclopedia traía otra versión que te pareció más razonable. Con la hambruna los esquimales no se podían permitir bocas ociosas. Mantenían, sí, a los niños y su promesa de unas manos para trabajar, pero los viejos eran puro desgaste, no tenían espaldas ni dientes. ¿Qué edad tendrían esos viejos? ¿La misma que tú? Imaginaste que aceptabas la proposición de Elio. Te imaginaste envejeciendo juntos, cada uno en su cama, las dentaduras dentro de sendos vasos de agua. Qué disparate, si ambos tenéis una dentadura perfecta para vuestra edad. La muletilla «para vuestra edad» no te consolaba demasiado. Con la lengua tocaste una muela que te molestaba y pensaste que tendrías que ir al dentista, ese hombre que acercaba el pecho a tu cara mientras tú, con la boca abierta, lo olfateabas con terror. ¿A qué olía? Olía a nieve. Imaginaste a Fernanda abandonándote sobre el hielo, Adina sollozando, ¡la abuela no, la abuela no! Dispuesta a seguir hasta el final con la cadena de asociaciones disparatadas, te serviste otro cuenco de cereales. ¿Cuándo se pasa de la épica a la tragedia, y de la tragedia a la comedia? Después de que los copos dorados crepitaran en tu boca te sentiste mejor y leíste que los nenet ya no abandonaban a los viejos sobre un témpano. Cuando ya no podían trabajar, los subían en un trineo y los soltaban lejos, en la nieve. Si el anciano regresaba, era señal de que aún le quedaban fuerzas y lo acogían en el grupo. La solución te pareció un control de calidad un tanto drástico, pero era sin duda una oportunidad de supervivencia. Qué dolor de espalda. Una vida con Elio. ¿Dónde pondría sus cosas? ¿En tu armario? Necesitarías muebles nuevos. Abriste el cajón y sacaste el catálogo de Ikea.

¿Y si no fuera necesario? ¿Y si no fuera necesario amar así, entregándose, si fuera suficiente con aceptarse a sí misma? ¿Y si fuera indispensable amarse a sí misma para desear a alguien después? Lyuba hizo un último intento y trató de concentrarse en Jan, lo recordó con ternura. Pero ¿por qué tanto esfuerzo por parecer normal? ¿Por qué no entregarse, por fin, a su propia tristeza, y vadearla como si fuese un río? No se había infligido esa herida a sí misma y si quería resolver sus problemas tenía que seguir buscando sola hasta que algo la hiciera detenerse, hasta que el dolor se quedara atrás. Tiempo. Necesitaba tiempo. Se miró en el espejo y, como si se reflejase en los ojos de Jan, se sintió hermosa. Pero ella no era un holograma. Mañana podría renunciar a la piscina y planificar su próximo viaje. Pensó también en Jan, en el dolor que le causaría. Pensó, por fin, que no tenía por qué pensar tanto en los demás. Era una víctima y no podía con tanta carga.

Jan entró en la oscuridad del bar que estaba cerca de la escuela de danza y vio en las mesas grupos muy jóvenes, de cuerpos flexibles y bellos, que se masajeaban los muslos. Comenzó a beber en una esquina mientras esperaba que apareciera la chica con la que había quedado. Estaba por marcharse cuando una rubia preciosa se levantó de la mesa de los bailarines. Tenía una trenza como una maroma, compacta, el cuello de cervatilla. Jan se sintió torpe cuando pidieron algo fuerte, cuando intentaron encadenar frases corteses, pero la conversación retrocedía como una bala encasquillada, la idea de reemplazar a Lyuba tampoco lo estaba ayudando demasiado. La rubia pareció aburrirse y volvió a la mesa con sus compañeros. De un portazo, Jan salió del bar. Un rato más tarde podrías encontrártelo frente al mar, mirando el horizonte.

¿Y la chica de la trenza? ¿A dónde habrá ido? ¿Será este el comienzo de otra historia de amor, o va a disolverse en la nada?

Tantas preguntas a las que no sabes dar respuesta.

Sigues escribiendo y el texto te arrastra, observas otra escena.

Es Lyuba.

Termina de recoger su ropa, apenas dos baldas. Coge su mochila, deja las llaves sobre la mesa, sale del apartamento y, sin mirar hacia atrás, camina hasta la estación. Pide un billete hacia un lugar cuyo nombre no llegas a escuchar. Compra un bocadillo y se acerca a un autobús casi vacío. Sube, se pierde en la oscuridad de los asientos. Al mismo tiempo Jan, que pasea por la playa, descubre los primeros rayos de sol golpeando el mar. La playa está desierta y en ese pueblo todo le recuerda a Lyuba. Tiene que salir de ahí, se tomará unos días para organizar un viaje.

Piensas que Lyuba y Jan van a separarse y sientes pena, pero hoy ambos amanecerán mirando el mismo horizonte. Jan desde la playa, Lyuba desde el autobús. Ese final te parece triste y alegre a la vez, no porque desconfíes de las historias de amor, sino porque piensas en Lyuba, en su duelo, en su aflicción, en su abandono y, al contemplar su tristeza, habitas tu propio dolor. No te pareces en nada a ella, pero ambas habéis descendido por las arduas simas de la desgracia. Analizas los sentimientos de Lyuba y te dices que, al reconocer su deseo, al habitar por fin en esa soledad poblada de fantasmas, Lyuba ha retomado un camino de esperanza. La soledad sonora del poeta, donde suceden tantas cosas. Escribes a toda velocidad y te das cuenta de que los dos, Jan y Lyuba, se dirigen hacia su destino y es posible que no se vuelvan a cruzar. La congoja te hace dejar de escribir y los miras alejarse. Solo ves sus espaldas, pero, un segundo antes de desaparecer, se giran ambos y levantan la mano, te saludan. Y tú, pequeña diosa doméstica, con los dedos levantados sobre el teclado, contemplas a tus personajes como ellos te contemplan a ti, acatas su destino y te despides de ellos, los dejas partir, te desgajas de esas vidas que te acompañarán para siempre con su extraño fulgor, con esa fina red de palabras proyectándose en tu memoria. Y al reconocerlo, mientras lloras, sientes placer y dolor.

Adiós, les dices. Adiós. Y los saludas. Esa tristeza tan honda hace que cierres el ordenador. Te levantas, te acercas a la ventana y absorta miras el mar durante un rato, piensas en algo difuso que está más lejos que la escritura.

A tus espaldas aparece Elio, posiblemente en pijama. Lo oyes acercarse y sientes su calor, pero no te mueves. Tal vez quería contarte algo importante, o compartir un sueño, o prepararte un café, o invitarte a ver juntos el amanecer en la playa. Pero Elio no dice nada. Se limita a permanecer allí, quieto, mirándote con ternura y, sin interrumpirte, retrocede, te deja sola con tu duelo. Entonces por fin comprendes cómo es ese amor, el respeto y la amistad compartidos, el rescoldo de una pasión que siempre te abrigará. Miras desde la ventana el seto de las hortensias. Un poco más lejos, ves a Fernanda que se agranda y se acerca a la casa con tu nieta en los brazos, se cruza con Elio, se besan, conversan un poco y se van juntos a comprar algo para el desayuno.

Te quedas allí con tus palabras, tan sola y tan plena a la vez. Y el corazón se te llena de alegría.

EL IDIOCENO

EMPEZABA A ARREPENTIRSE de la cita que había concertado, culpa del aburrimiento, una foto llamativa, el dedo en la tecla y *click*. En la penumbra del bar resultaba difícil saber quién estaba en la barra, mejor quedarse sentada con sus compañeros, menos riesgoso, total, una charla igual a otras charlas a la salida de clase, cuando le dolían hasta las pestañas de tanto *plié, relevé,* y solo se permitía un liviano mariposeo.

Miró al gigante rapado que parecía esperarla. En la imagen de la aplicación llevaba una pelambrera oscura, las cabezas sin pelo le daban grima. Él no tenía por qué reconocerla, ella había mentido también, su foto la mostraba casi como a una adolescente, pelo corto y gafas oscuras. Dejó pasar un rato y el gigante pareció aburrirse. Recogió su mochila, pagó y, cuando se cruzaron, Adina vio que le recorría el brazo un tatuaje que representaba un gatazo tremendo. A pesar del frío, iba en camiseta. Abrió la puerta de una patada y se marchó.

En cuanto se acercó a la barra, los moscones la rodearon ofreciéndole una copa, pero solo se dio por enterada cuando una voz le susurró casi en el cuello «me gusta tu trenza». Olía a alcohol y, como ella no se había retirado, la voz interpretó mal las señales y tiró suavemente de la trenza como si fuese una maroma, la mata de oro entre las manos pálidas. Suéltame, gritó Adina. El chico tenía extremidades torpes y gestos de alucinado, pero no parecía peligroso, ojillos cristalinos y perversos, la sonrisa algo infantil, ese aspecto canalla con el que Adina siempre se enganchaba y que solía terminar mal. Se puso a beber sola. Livianos como pájaros, sus compañeros de ballet empezaban a marcharse.

Cuando la noche giró hacia la madrugada estaba muy borracha. Después de once meses de blanco sobre gris, entre las pausas de la nieve brotaba una primavera sucia. Casi no había árboles, solo algunos ejemplares vetustos, adaptados al clima con tenacidad, esparcían sus raíces como dedos en reposo. Daba la impresión de que nunca volverían a tener hojas y Adina se preguntó por el murmullo de las raíces entrelazadas en la oscuridad, por la opinión que tendrían los árboles con respecto a la estupidez humana. Durante el invierno habían plantado en todas las avenidas cientos de ejemplares exóticos de flores grandes y moradas, pero los guardianes de la ciudad no parecían tener ni idea de jardinería y, pocas semanas más tarde, estaban muertos de frío. Eso la había apenado, la muerte de un árbol era como el final del futuro. Un peatón pasó frotándose las manos y exhalando un aliento de vapor, el ruido de sus pasos fue desapareciendo y el silencio pareció aplastarla. De pronto se quebró la noche con el lamento de una sirena y la oscuridad se vio atravesada por un camión amarillo de los Golden Fat, brincaban sobre el empedrado las campanitas del remolque y la noche se llenó de olor a azúcar. En los primeros meses, las sirenas la desconcertaban, el temblor de los portones, ese girar del ojo ciclópeo y amarillo que despertaba la sensación de un fuego cerca. Cuando se acostumbró, las campanitas, las sirenas y el aroma dulce empezaron a resultarle indiferentes.

Dos manzanas más abajo, casi junto al río, se asomaba su casa. En la rivera flotaban semillas blanquecinas, tiritaba una espuma áspera. Estaba llegando cuando oyó un taconeo de botas pesadas. Sujetó el bolso, se subió el cuello del abrigo y desprendió el broche que llevaba en la solapa, con el filo mordiéndole la palma de la mano avanzó de prisa, los pasos parecieron acompasarse con su miedo. Un rato más tarde el chico del bar la alcanzaba y, con voz suave, le susurraba algo. Aunque Adina no entendía del todo el idioma, la situación la hizo reír.

—Es peligroso que camines sola, al menos tú y yo tenemos algo en común: nos hemos emborrachado juntos.

Tenía razón.

La ayudó a levantar el cierre metálico y lanzó un silbido de sorpresa frente al Lada rojo con los asientos desventrados. Ah, dijo ella, soltando la mochila sobre el capó, no te asustes, hay espacio detrás, conseguí un colchón. Sentía la boca pastosa y tenía sueño, pero él era persistente, mirándola con hambre le acarició el pecho y le pellizcó los pezones, que se contrajeron punzantes, la atrajo y terminaron casi desnudos a pesar del frío follando contra la pared, que era áspera y le raspaba la espalda. Adina olfateó su piel, que olía a musgo. Debajo de la camiseta sintió bombear su corazón, el dibujo de los músculos, la piel casi transparente, la polla desmesurada dentro de ella, la succión de su propio deseo, el consuelo de un cuerpo después de tanto tiempo sola.

Sin ninguna otra actividad notable, pasaron los días.

Una semana más tarde, Mijaíl apareció con un par de bolsas de supermercado en las que estaban todas sus pertenencias, las lanzó dentro del baúl del Lada y se mudó al garaje.

Cuando Adina salió a la calle casi la aplasta una tropilla de turistas errados con patines brillantes, los vio alejarse como centauros enloquecidos, al viento sus melenas albinas. Eran parte del paisaje desde el final de la guerra, cuando las fábricas de armamentos habían cerrado y el país empezaba a vivir del turismo y del monocultivo de cereales. Pero el modelo presentaba algunas señales de agotamiento y los Golden Fat eran previsores y meticulosos. Adina había llegado con un pase de estudiante cuando el censo de la ciudad daba como resultado 222,22 visitantes por nativo, un exceso bajo cualquier punto de vista. No computaban a los refugiados, que solían aparcar sus vidas indecisas en los guetos de las afueras, donde no llegaba el metro y había que sumar autobuses para llegar a casa. Desde los edificios de tres plantas construidos durante la guerra fría, los diversos gobiernos habían dado las soluciones más peregrinas al problema de la vivienda de esta zona que tenían algo en común: la precariedad. Moles de hormigón con ventanitas simétricas, paredes finas, manchas de hollín, ropa flotando hacia la nada, vacíos desolados a los que algún optimista llamaba «plaza». Atravesando toda esta fealdad estaba el garaje donde vivía Adina.

En realidad, su situación era privilegiada. Había llegado con algunos contactos y dinero, restos de lo que le legara el marido de su abuela, unos fajos de billetes que escondía como si fuera una traficante y que cambiaba de sitio para que nadie los encontrara. Su madre había insistido en que no era una buena idea ir a estudiar tan lejos, pero, por llevar la contraria, Adina había terminado aquí y ahora estaba casi arrepentida, resultaba arduo seguir las clases de danza en un idioma que desconocía, no soportaba el frío y desde la guerra no había forma de calentar las casas. Después de vagabundear durante semanas por albergues infectos donde se hacinaban los marginales, había invertido gran parte de sus ahorros en el alquiler de ese garaje húmedo con una barra para hacer sus piruetas. Desde allí le escribió a su madre contándole que ya tenía un hogar y, con una vaga sensación de culpa, comenzó a acumular regalos para cuando volviera a casa.

Llevaba dos días metida en la cama con Mijaíl, era ya imprescindible acercarse al mercado y conseguir algo para desayunar. Sobre el río volaban gaviotas tan blancas que parecían iluminadas por dentro, el coro discontinuo de las sirenas y el ronroneo de la carretera la devolvieron al presente. A lo lejos, las chimeneas de las centrales lanzaban su espeso vómito de humo. Las nubes, blandas y desorientadas, flotaban hacia el horizonte.

Un día para estrenar.

Lo mejor eran los desayunos en esos cuencos de cereales que Mijaíl se agenciaba en el centro de reparto, no era fácil conseguir leche o fruta, pero el azúcar les crepitaba en el paladar con sus explosiones de gozo. Y el sexo. En el garaje, en los pasillos del bar, con o sin ganas. Distraídos casi, o erizados. Ni siquiera terminaban de entenderse en un idioma común, pero daba lo mismo.

–Qué demonios estoy haciendo –pensaba Adina–, con este amor atávico, loco, tóxico.

Mijaíl desaparecía de manera intermitente y misteriosa, tenía alguna actividad que nunca se molestó en explicar, Adina estaba demasiado preocupada con sus clases, donde el fracaso y la rutina eran más constantes que el éxito. Esperó que él compartiera el alquiler, pero parecía aún más precario que ella, de modo que no se atrevió a mencionarlo. Horas de ensayo, noches bebiendo en el bar. Se había cruzado con el gigante de la cita frustrada, pero nunca llegaron a saludarse.

Al regresar de clase vio a Mijaíl con un pitillo dentro del coche, lanzaba las cenizas sobre el tapizado y hacía lo que más le apasionaba en el mundo: nada.

–Sal de ahí –gritó, y él emergió unos segundos entre el humo, sonrió como un bobo. Abrió la puerta del Lada y empezó a perseguirla. Adina lo odia, pero la persecución la enciende, terminan acoplados. Mijaíl y su cuerpo largo y blanco, la piel fina, las venas como afluentes de sombra. Tiene una potencia feroz. Somos hámsteres, conejos, bonobos, piensa contrariada. Años de escuelas selectas, libros escogidos, música clásica. Qué lejos está todo.

Cuando Mijaíl se va siente que añora su casa, ¿se habrá equivocado viajando hasta aquí? También echa de menos a su abuela.

De pronto le parece ver el rostro de su abuela revoloteando por encima del capó. ¿Qué hace por ahí, si lleva años muerta?

–Mijaíl es un bobo, Adina –dice, tan tranquila, con ese tonito de recriminación que usaba siempre–. No te eduqué para que malgastes tu vida.

–No me educaste, abuela, no hacías más que malcriarme, y me dejaste sola con mamá.

Un bobo. Un bobo bonobo. El otro día la enfureció tanto que tomó sus cosas y las tiró a la calle, pero él, sin inmutarse, regresó con más, de dónde habría sacado esa ropa maloliente. A veces llegaba con algo de dinero y la invitaba a salir, noches locas bailando, un brindis, otro más, ese paroxismo de felicidad por algo que Adina desconocía, me encanta tu pelo, y la sujeta por la trenza, se la pasa por el cuello como si fuera a ahorcarla, eres mía, y a ella le falta el aire. Otras veces regresa al garaje sola porque él besa a cualquiera en sus narices. Se besa con mujeres rubias de tetas grandes, se besa con barbudos palpándoles el culo, se besa a sí mismo en el espejo. Y sisea:

–Hace mucho que no te deseo, Adina, márchate de aquí. Y sacude una mano, como cuando se ahuyenta a un perro.

Luces mortecinas, caminos embarrados, el esqueleto de los árboles, primavera y todavía tiritando. Adina se ofusca, pero cuando él vuelve a casa es como si no hubiera pasado nada. Entonces salta sobre él y él la vapulea, llora contra la tapicería que conserva su olor, lo odia tanto, está dispuesta a perdonarlo, no quiere verlo más, mataría por él.

Abre una caja de Golden Fat y se sirve un segundo bol rebosante de cereales, busca consuelo en el azúcar, toma el complemento alimenticio y se dice que, pese a la escasez, está en buena forma.

–Me gusta que bailes –dice la cabeza de su abuela, y es como si su voz la acariciara. Debajo del colchón está escondido el fajo con el dinero y el broche.

–Gracias por el dinero, abuela, ha sido un detalle, cuando lo recibí ya estabais muertos y no pude deciros nada. ¿Por qué me regalaste este broche antiguo?

–Era lo más bonito que tenía.

Y el fantasma de su abuela sonrió, las arrugas alegres alrededor de los ojos.

Los Golden Fat hicieron su primera aparición de madrugada. Adina no llevaba puestas las bragas y solo llegó a embutirse en una camiseta de Mijaíl. Mijaíl dormía, pero ellos no parecieron inhibirse por la falta de protocolo. Nunca había visto a un Golden Fat tan de cerca, eran amarillos y sonreían mucho, nariz respingona y labios de lactantes, las mejillas abultadas daban a sus rostros el aspecto de culos de bebé. Sabía que controlaban a las parejas que vivían juntas y no le parecieron desagradables del todo, con ese rictus de muñecos de plástico. Sin dejar de sonreír, pusieron en sus manos una cajita. En la cajita había dos dispositivos diminutos. Con suma delicadeza, colocaron uno en la oreja de Adina.

–Chip translator. Otro para él –chillaron satisfechos.

De pronto Adina se dio cuenta de que entendía perfectamente a Mijaíl.

–Ahora, pareja feliz.

Y corearon:

–NO HAY AMOR SIN COMPRENSIÓN.

Hablaban demasiado alto y con frases hechas. Si alguna idea más compleja se les cruzaba por la mente parecían desecharla y, como si hubieran dicho algo muy original, riéndose a carcajadas, se tomaron del brazo y bamboleándose salieron del garaje. Había entre ellos una leve asimetría, algo imperceptible que los hacía aún más bizarros. Se subieron al camión y, tintineando, desaparecieron.

—¿Quiénes son? —preguntó Adina—. No parecen humanos.

—No lo son.

—¿Entonces? ¿Son robots?

—No. Son cereales.

—¿Cereales?

—Sí, productos.

Aunque Adina entendía ahora las palabras, no terminó de comprender lo que estaba diciendo Mijaíl, pero prefirió no investigar y con ello las cosas mejoraron, no porque la conducta de Mijaíl cambiara, sino porque Adina alcanzó a dilucidar algo de lo que estaba viviendo. Todo le resultaba peculiar. Curiosa la desaparición del gobierno y del parlamento, curioso el sistema donde el poder se había entregado a una sola empresa, curioso que la empresa se disolviera en sus productos, curiosos los Golden Fat y sus patrullas, curioso que mantuvieran una relación tan próxima con la gente y curioso, por fin, que siempre llegaran en parejas y felices. Por otra parte, no resultaban particularmente molestos. Habían ocupado la zona después de la guerra con Ucrania y eran los señores de casi todo. No eran belicosos, como los virus, ni desalmados, como los señores de la guerra, solo un poquito simples. Pero tenían ante cualquier problema una actitud festiva y olían a azúcar.

—Son unos idiotas —dijo la cabeza de su abuela—. Más vale un malvado que un tonto.

—Estás hablando con eslóganes, abuela.

–Claro, pero yo estoy muerta. Y déjame leer. La cabeza revoloteó sobre las páginas de un libro.

Sí, la vida en común empezó a funcionar mejor, tal vez porque se veían poco, tal vez porque los Golden Fat les habían ayudado a gestionar una pequeña subvención que se entregaba a las parejas jóvenes. Pero el sexo, que era lo único que los unía de verdad, había tomado un derrotero extraño y comenzaba a desbarrancarse con el uso del chip translator. Las traducciones funcionaban bien si hablaban del tiempo, de temas domésticos, de generalidades, pero, si ella susurraba, por ejemplo,

–«quiero follar»,

el chip traducía con una voz enlatada que no se sabía si era de hombre, de mujer, o de todo lo contrario:

–«estoy ovulando y desearía que nos apareáramos para engendrar una creatura».

Si él decía:

–«me gusta tu coño»,

el chip translator interpretaba:

–«me excita tu vagina, mi pene erecto desea eyacular dentro de ella para que mis espermatozoides fecunden a tus óvulos y podamos engendrar una creatura».

O si señalaba: «me gustan tus tetas» el chip translator identificaba inmediatamente el cariz sexual de la conversación y traducía:

–«tienes unas glándulas mamarias ubérrimas con una capacidad y textura suficientes como para la alimentación adecuada e incluso abundante de un ser de nuestra propia especie, considero que eres idónea y quizá sería apropiado que nos dedicáramos a la tarea de ejecutar el coito mediante el cual podamos engendrar una creatura».

¿Glándulas mamarias ubérrimas? Adina no terminaba de comprender si se trataba de un elogio o de un insulto.

En todo caso, las frases ligadas con el sexo concluían todas con la misma coletilla:

–«y podamos engendrar una creatura».

Una noche Mijaíl apareció más borracho que de costumbre y empezó una pelea que parecía no tener fin. Adina se quitó el chip y vio la escena desde afuera: un hombre que ni siquiera era guapo, caprichoso y violento. ¿Qué estaba haciendo con él? Cuando Mijaíl se cansó de gritar, levantó el cierre del garaje y se quedó estudiándola, salió y lo dejó abierto. La noche entró como un chorro. En un dibujo veloz, cruzaron el cielo los pájaros de la aurora, le llegaron desde la plaza las voces de los mendigos, perezosos como larvas. En la oscuridad, los árboles parecían arañar el cielo.

–Basta –se dijo Adina–. Basta.

La cabeza de su abuela hizo «plop», apareció girando y pareció asentir sobre el capó.

Adina tomó unas tijeras y, después de mirarse unos minutos en el espejo, se cortó la trenza, ató los extremos para que no se despeluchara, la metió en una bolsa. Que te jodan, dijo en alto, como para afirmar su decisión. Que te jodan, Mijaíl. ¿Te gustaba tanto? Pues ya no está. Una trenza con la que me podrías ahorcar. Estoy loca, pensó. Que se vaya a la mierda, pensó también. Podría vender la trenza y emborracharse para enterrar este amor, podía donarla para que alguien se hiciera una peluca. Podía venderla y viajar, era muy larga, le hubiera encantado atravesar el muro para ir a una zona más cálida. Pero los muros habían proliferado tanto que era difícil saber cuántos había que atravesar: muros para contener a los refugiados, a los pobres, a los niños oscuros. Para defenderse vaya uno a saber de qué. Muros en torno a los barrios de los poderosos, muy rentables para las empresas de construcción, muros altísimos con alambre de espino electrificado en torno a las fábricas de Golden Fat. Muros inútiles, porque la ciudad estaba integrada casi completamente por forasteros de tal o cual generación, y era muy extraño cruzarse con algún nativo.

Miró la trenza. Esconderla en el armario le parecía sórdido, el rabo de un animal, una parte muerta de sí misma, como las uñas o los dientes. ¿En qué habría estado pensando? ¿Amor? ¿Qué era eso? La única imagen que le vino a la mente fue la de su abuela con Elio. Se habían casado cuando entre ambos sumaban casi siglo y medio, pero, en plena luna de miel, habían muerto en un accidente de coche. Murieron juntos. Mira que esperar tanto y terminar así, se lamentó su madre. Pero a Adina le pareció un final hermoso. Sintió una nostalgia punzante: qué ganas de volver a casa.

Eran las cinco de la madrugada cuando los Golden Fat volvieron a golpear el cierre del garaje. Los descubrió por el olor y le hizo señas a Mijaíl para que corriera a acostarse junto a ella. Después de la última discusión habían hecho las paces, pero otra pelea demoledora los había catapultado a cada uno a un extremo del garaje. Si los veían dormir separados se encenderían las alarmas, a los Golden Fat no les iba a gustar en absoluto que la relación no fuera correcta, las normas se habían endurecido y podían quitarles la ración de cereales y, aunque estuviera nevando, también podían dejarlos sin calefacción.

Desde que los turistas huían espantados por los excesos del clima, los Golden Fat habían dirigido su entusiasmo empresarial hacia un objetivo prometedor: la venta de rubios recién nacidos.

Todo esto giraba en la cabeza de Adina mientras respiraba para tranquilizarse. Abrió la puerta exhibiendo su mejor sonrisa y la pareja de Golden Fat sonrió también con esa capacidad mimética que los llevaba a copiar el gesto de sus interlocutores.

–Linda rubia –dijeron a coro. Y señalaron a Mijaíl:

–Él rubio lindo lindo también.

Empujaron el portón y empezaron a recorrer el garaje.

–¿Hijos ya? ¿Embarazo?

Adina negó con la cabeza e intentó componer su mejor cara de estúpida, con el pelo corto parecía casi una adolescente.

–Ajjjco –dijeron al asomarse a la bolsa de ropa de Mijaíl.

Luego descubrieron el ejemplar de la *Odisea* que leía su abuela.

–¿Decadente? ¿Caduca? ¿Poesía?

–La barra. ¿Ejercicios?

Adina hizo una pirueta y los Golden Fat olvidaron el libro y aplaudieron alborozados.

–¡Más, más! ¡Buenos músculos, cadera, pecho, sí, sí, muy reproductora muy muy!

En la guantera dieron con el broche, lo lustraron hasta hacerlo brillar, probaron con un dedo la agudeza de la aguja: ¡bonito! gritaron, ¿confiscamos? No, no, dijo uno de ellos. Vetusto. Muy. Mundo antiguo. Mucho mundo antiguo tú. ¿Para qué? Señalaron a Mijaíl, como si también fuera un objeto.

–¿Vetusto también? ¿No sirve? ¿No cumple? ¿Confiscamos?

Mientras uno hablaba, el otro revisaba el garaje en busca de un condón o cualquier otro método anticonceptivo. Por fin terminaron aburriéndose y, disparando risitas y saludos, sin dar nunca la espalda, se marcharon. Por suerte no encontraron el dinero.

–Uf –dijo Adina–, o pensamos algo rápido, o te voy a tener que reemplazar.

Y para vaciar la cabeza se puso a hacer estiramientos en la barra, pero todo le salía mal. Había empezado a bailar tarde y el cuerpo de una bailarina se forma pronto, así la increpaba su maestra, golpeando impaciente el suelo con la vara. Tiempo perdido. Ilusiones rotas. ¿Y si dejaba la danza para ponerse a escribir? Tenía un año de ahorros por delante y siempre lo había deseado. ¿Por qué no? Escribir, como su abuela.

A través del ventanuco del garaje miró la mañana grisácea, el cielo que parecía unirse al pavimento. Las huellas de los neumáticos dejaban sobre la nieve trazos oscuros, lloraban los tejados su letanía de agua sucia. En el bol del desayuno, copos de Golden Fat secos. Se apresuró a tirarlos a la basura y los sacó al callejón.

Un niño moreno, muerto de frío, recogió los cereales y comenzó a devorarlos a puñados. Poco más tarde se había hinchado como un globo y comenzaba a flotar. Desde el ventanuco, Adina vio los agujeros de sus zapatos. Se reía a carcajadas, con la risa burbujeante del azúcar.

–Estoy harto de esos niños flotantes –protestó Mijaíl–, ya casi no vemos la luz, nos vamos a morir de frío. Se cubrió con la manta y comenzó a tiritar. Como siempre que estaba de mal humor desapareció, lo hacía si se sentía contrariado, pero no se llevaba su ropa. ¿A dónde iría? ¿Con quién? Estaba cerca el calor y la luz empezaba a crecer, pero el termómetro no había superado los cero grados.

Mijaíl regresó esa misma noche y Adina no le habló durante dos días, le daba lo mismo que estuviera o no, la tenía harta, aburrida volvió a su rutina silenciosa. De pronto, con un gesto cariñoso, Mijaíl se acercó a ella y le acarició el pelo.

–¿Qué quieres, Mijaíl?

–¿Y si nos casamos?

Adina lanzó una carcajada que rebotó contra el volante del Lada y sacudió la cabeza.

–¿Es una broma?

–Los Golden Fat no vendrán a molestarnos si estamos casados –insistió Mijaíl, preocupado por primera vez–. Cualquiera que proponga un matrimonio se libra, al menos por un tiempo. ¿Quieres casarte conmigo?

Y el chip translator emitió:

–«¿Quieres que formemos una pareja con un vínculo estable donde la repetición sistemática del acto sexual en condiciones de salubridad e higiene íntima nos permita engendrar una creatura?».

Una sirena devoró el silencio.

«Sí, tengo que hacer cambios en mi vida», pensó Adina preocupada, «dejar el baile, este lugar inmundo y a este desequilibrado». Mijaíl la miró con sus ojos vidriosos y le pareció que la estaba escaneando: el corazón, el hígado, las uñas, el alma. ¿El chip translator? ¿Podía adivinar también lo que pasaba por su cabeza?

«En algún punto tiene razón», reconoció Adina, «si no me preña de una vez, la situación se va a poner difícil».

Mijaíl ya no le gusta. Hay tanta pasión animal como impulso destructivo, saca de ella lo peor y puede ser cruel.

Y está el tema de la ropa sucia. Recuerda a su madre solitaria, siempre huyendo del amor. Cada vez que piensa en su madre Adina tiene pesadillas. Sin embargo, desea verla. Si pudiera viajar. Pero la escasez ha limitado también la venta de pasajes.

Esa noche copularon con renovado ímpetu y, cuando estaba dentro de ella, Mijaíl le tocó el pelo y susurró con ira por qué te has cortado la trenza, zorra, le tapó la boca con rabia y le impidió contestar. Adina sintió que se ahogaba. Cuando logró liberarse se enroscó como si fuera un animalito y se puso a llorar. Salía el sol cuando estiró la mano para tocar a Mijaíl, pero la cama estaba vacía. Se había llevado su ropa.

Por la avenida subía el lamento de las sirenas de los camiones de los Golden Fat que circulaban noche y día, haciendo girar un foco como un cono de helado que llevaban en el techo. Tenían un remolque en donde encerraban a los hombres que no cumplían con su función. La jaula, con sus barrotes con purpurina y sus chirimbolos colgando, parecía más un juego de feria que una cárcel.

Llegó el único mes de calor después del largo invierno, cincuenta grados cuando se alcanzaba a ver el sol oculto por los niños oscuros que flotaban en el aire chillando como pájaros. Eran cada vez más abundantes y se bambolean con la brisa, pero, con el calor, empezaban a desinflarse y reventaban, plop, plop, plop, pequeños indigentes ladrones de cereales estrellándose contra el pavimento, adoquines manchados con un intenso color a fresa, niños oscuros cayendo por aquí y por allá, qué peligro para los transeúntes. Ansiosas, las patrullas de Golden Fat intentaban disimular el fracaso del sistema de sombreado y acudían con sus mangueras para regar el asfalto. Subía con el chorro un vaho de nubes bajas.

Saltando entre los charcos, Adina regresó al garaje. En la puerta dos Golden Fat montaban guardia con su sonrisa luminosa y acarreaban algo grande y pesado.

–¿Preñada? –preguntó uno, hundiéndole un dedo en el vientre–. ¿Encinta? ¿Grávida? ¿Embarazada?

¿Se habrían perdido en un diccionario de sinónimos? Adina sonrió, pero se mantuvo en silencio. Los Golden Fat sacudieron la cabeza mostrando su desaprobación.

–Ay, ay, ay –campaneó uno.

–Acabó la paciencia –repiqueteó el otro–. ¿Cambio de pareja? ¿Sí?

–O trabajo en granja de vientres de alquiler –corearon los dos sonriendo, como si, al unísono, hubieran tenido una ocurrencia feliz.

–Lindo trabajo. Fácil. Bien pagado. Semillita. Nueve meses. Abrir piernas, y plop. ¿O ya bailarina? Bailarina también sirve. Divertir.

Con una reverencia cómica, los Golden Fat desarrollaron una serie de pasos de baile. Empezaron a sudar y se quitaron las camisetas. Tenían un ombligo enorme, un cráter en mitad de sus vientres amarillos. De pronto se recompusieron y, sonriendo felices, le entregaron el catálogo.

Adina frunció el entrecejo y compuso una mejor cara de interés. «¡Mira, mira!», chillaron excitados los Golden Fat: fotos de hombres vestidos con camisetas negras ajustadas, pantalones marcando bulto, protuberancias. ¡Buenos reproductores! ¡Sementales! Y se deshicieron en elogios.

–Tú libre de elegir: ¿granja o catálogo? ¿Bailarina? ¿Todavía novio? ¿Dónde está? Mentir, no, ¿eh? No, no y no.

Novio nativo, muy bueno, lo más. Y, como si le leyeran la mente:

–Si no sirve retiramos mercancía defectuosa.

Adina abrió el catálogo y se sintió perdida en una verbena de testosterona. Los candidatos eran muy rubios, tiarrones musculosos con cara de pánfilos, cuerpos temibles y ojos de replicantes. Tendrían unos treinta años y a ella, que acababa de cumplir los veinte, le parecieron ancianos. Para que la preñara uno de esos bobos, pensó, mejor seguir esperando a Mijaíl.

Pero Mijaíl no daba señales de vida. Ni en el bar, ni en los alrededores del garaje, ni por el barrio. Preocupada salió a buscarlo, pero, en cuanto empezó a bajar el sol, decidió regresar a casa. Una ardiente luz crepuscular enrojecía las hojas de los árboles viejos y ninguno de los recién plantados parecía revivir. Cuando los troncos añosos cayeran, ya no crecería nada. Desde las ramas vacías, pájaros oscuros parecían supervisarla, los carteles de propaganda de los Golden Fat que recortaban un paisaje monótono y gris.

HAY QUE PROCREAR
CUIDADO CON EL SOL
EL ENEMIGO SON LOS OTROS

Imágenes de niños rubios con progenitores rubios de todos los sexos y combinaciones que compartían sonrisas rubias y enormes cuencos amarillos de cereales. Era fácil entender el proceso: para vender cereales necesitaban niños que los consumieran, también los necesitaban para los anuncios y se vendían al mejor precio en el mercado de adopción. Todo era culpa de los inmigrantes, demasiados años de mestizaje y pieles oscuras.

De pronto se preguntó:

–¿Se puede vender seres humanos? Si se venden, ¿son personas o mercancías?

Como si alguien hubiera bajado de pronto el volumen, la ciudad se enroscó en el silencio y el aire se hizo compacto, el celaje de las nubes daba al crepúsculo un tono surreal. La idea de dejar el baile la rondaba, si lo hacía, estaría aún más sola. Regresó a casa y comenzó a pasar las páginas del catálogo.

–¿Por qué todo me causa tanto dolor?

Entre las fotos del catálogo se había colado la de un chico moreno. Tenía el pelo crespo y alguna cana se empezaba a dibujar en el oleaje de sus rizos. ¿Por qué habían incluido a un hombre que no era rubio? ¿Era un error o alguna forma de equilibrio? ¿Una provocación? ¿Una trampa? ¿Y si le nacía un niño oscuro? No quería tener un hijo para que anduviera flotando por ahí. Pero si estaba, era por algo. Sin pensárselo demasiado, puso un mensaje en el localizador y quedó con él en un bar. No le quedaba casi dinero, pero los Golden Fat pagaban las copas si se bebían con un pretendiente. Condones, por supuesto que no.

Cuando entró en el bar todavía no habían llegado los seres de la noche. A no ser por eso, hubiera tenido la sensación de que la escena ya la había vivido. La misma postura, el mismo perfil, pero ya no tenía la cabeza rapada, sino que lucía una melena oscura. Se acercó a la barra y pidió una cerveza. El hombre dio un paso y salió de la sombra. Cuando la luz le golpeó la cara sintió una emoción familiar.

Ahora Adina ha cambiado de hábitos y pasa las tardes sudorosas escribiendo largos textos que no sabe del todo hacia dónde van. Algunos toman cuerpo y parecen el germen de algo, el esbozo de una novela, imágenes casi poéticas que no están mal, páginas y páginas de recuerdos dispersos que esconde bajo la tapicería del Lada. Ya no baila. Sale a veces a pasear con el hombre del tatuaje, que es grande como un coloso e inofensivo como un cordero, parece hecho a su medida y le gusta estar con él. Adivina sus deseos, desaparece si desea estar sola, vuelve cuando ella lo necesita. Quizás es demasiado amable. Preocupada admite que no sabe entregarse del todo cuando la quieren bien, pero Jan la ayuda a recuperarse del amor enfermo de Mijaíl.

En la calle el calor es tan extremo que casi no se soporta, la penumbra húmeda del garaje la protege del asedio del sol. Como si cayera una lluvia de fuego, la gente desaparece hasta el anochecer.

Fue en esos solitarios días que se intensificaron los diálogos con su abuela, a menudo la encontraba merodeando sobre sus papeles, soplando sobre su libro para pasar las páginas o girando como una peonza. Adina sabía perfectamente que las cabezas voladoras no existen, pero le gustaba estar con ella y dialogar con una abuela muerta no era algo tan extraño. En todo caso le daba consejos útiles sobre la escritura, le leía fragmentos de la *Odisea*, la animaba cuando la desesperanza la hacía sentirse rota, le preguntaba a veces por Jan, escuchaba complacida sus pequeños progresos.

A veces le resultaba agobiante que se pusiera detrás de ella y leyera murmurando y haciendo ruiditos con la boca. Cuando se ponía muy pesada, Adina tomaba dos autobuses y un metro para ir al centro, donde los edificios solemnes la hacían sentirse minúscula, suntuosas construcciones de un pasado difícil de imaginar, rascacielos imponentes en la zona moderna. Con la guerra algunos se habían quedado a medio construir, sus esqueletos proyectaban sobre las calles sombra y melancolía. Otros, eviscerados, se derrumbaban y un perímetro acordonado señalaba la zona de peligro. De regreso al suburbio pasaba por el centro de fecundación donde se concentraba el negocio de los vientres de alquiler. Un cartel amarillo muy iluminado proclamaba:

TU DESEO LO ES TODO

Según la propaganda, se trataba de una transacción cristalina, hija del avance del feminismo más auténtico; mujeres con todo el derecho del mundo a alquilarse por completo o por partes, dispuestas, por qué no, a vender su cuerpo y sus hijos. Lo que los Golden Fat no podían comprender, porque carecía de toda lógica, era que las mujeres, al entregar el producto, lloraran.

Dinero. Se le estaba acabando el dinero. Dinero por un vientre ocupado, una fortaleza sitiada, un arriendo, ni siquiera muy largo, un alquiler temporal, un Airbnb de su aparato reproductor. Vamos, no era para tanto. ¿Y si finalmente resultaba una experiencia de esas de las que no se puede volver atrás? ¿De esas que te marcan para siempre?

Intentó borrar las imágenes que se amontonaban y escribió unas líneas sobre esto. La cabeza, que leía a sus espaldas, comenzó a revolucionarse. Adina cogió la palmeta e intentó alejarla, pero solo logró que el parloteo indignado subiera de volumen.

—Estás entregada a los lemas de esos idiotas. Anda, alquílales tu útero, ponle precio a la sangre de tu sangre, véndeles hormonas, un riñón, di que eso es elegir. ¿Por qué no un ojo? Son bonitos tus ojos, Adina, tienes dos, uno te sobra. ¿Cuánto vale un cuerpo subastado por piezas?

Eres libre, claro que sí. La era de los idiotas. Y, con una vocecita pedante:

—Idiota: del griego, los que no se ocupan de lo público sino solo de sus intereses particulares. ¿No has visto los ombligos de los Golden Fat? Anda, piensa un poco, razona. ¿Para qué tienes esa bonita cabeza?

Observando a Adina con ojos como brasas, rebotó contra las paredes y, echando chispas, desapareció.

El primer error fue esconder la relación. El segundo, entregar el alma donde solo tenía que ofrecer el cuerpo y enamorarse de Jan. El tercero, sentirse culpable y, por eso, quedar una tarde con Mijaíl para ver cómo estaba. Lo encontró delgado, con la ropa más sucia. El pelo, que antes llevaba en una coleta, estaba cortado a trasquilones y asomaban algunas calvas. Se había caído, o lo habían golpeado, porque tenía una herida en el labio superior que se mordisqueaba constantemente, la sola idea de besarlo le resultó repugnante. Casi en silencio bebieron una cerveza, y otra más. Mijaíl pidió algo para comer, pero no hizo ningún ademán de pagarlo.

—¡Qué calor! —dijo Adina, mirando con angustia los pies de los niños oscuros que tableteaban sobre sus cabezas. Uno agitó su manita hinchada y pareció saludarla. A su lado una niñita estiró los brazos, como si suplicara que la bajaran de ahí.

—Es atroz —dijo Adina.

—Por lo menos se está más fresco —contestó él, sin mirarlos.

Se hizo un silencio incómodo y Adina pensó que era el momento de despedirse. Intentó levantarse, pero él la retuvo, los ojos brillantes de ira, la mano sobre su brazo como una garra.

—¿No queda nada de nuestro amor? No tengo ni dónde dormir, Adina.

—Fuiste tú quien me dejó, hace mucho que te quise.

Sintió una piedad incómoda, le acarició la mano y le pareció aún más blanca y fría. ¿Por qué le causaba tanta tristeza, si era pasado?

Se enroscó sobre sí mismo, parecía un niño cuando se le niega un capricho, cruzó los brazos, se estudió la punta de las botas como si allí estuviera escondido el secreto de la supervivencia.

—Tú no sabes estar sola. ¿Hay alguien?

—No hay nadie, estoy pensando en volver a casa, no tengo nada que hacer aquí.

La gente, protegida con lo que tuviera a mano, huía del sol. Mijaíl sonrió.

—¿Eres boba? ¿Volver? ¿Has pensado en los permisos que tendrás que pedir? ¿En las ayudas que nos dieron y que tendrás que devolver? ¿Dejaste el baile? A los Golden Fat no les van a gustar nada tus cambios de planes y te aseguro que, cuando se molestan, no son nada amistosos. Me parece que hay muchas cosas que no comprendes de este país, Adina, eres una ingenua.

Con una sonrisa torcida Mijaíl terminó su cerveza, la estudió retador, pasó la lengua por el borde de los labios y desapareció.

Mientras regresaba al garaje, Adina sintió por primera vez la ausencia de su abuela, que se había esfumado después de la última discusión, aunque por momentos resultara una presencia agotadora, se había acostumbrado a conversar con ella. La recordaba como una mujer callada y sonriente, amante de las plantas, que buscaba los momentos vacíos para sentarse a leer o a escribir, pero que siempre encontraba espacio para conversar con los demás. No le gustaba que ahora la cabeza le señalara con su dedo metafórico todos sus errores que, por cierto, conocía ya de memoria. El primero, haber venido a este país. Mijaíl, error. Un error también fustigarse por haberlo abandonado. Mijaíl encarnaba su zona tenebrosa, nada bueno podía salir de ese pantano. Sin embargo, no podía arrancárselo del corazón. Y, por fin, la pregunta difícil: ¿le gustaba que le hicieran daño?

No había nadie en los bancos de la plaza, apenas algún chiflado de la guerra que protestaba al cielo, viejos que malvivían por ahí sin que nadie les hiciera caso y que morían sin que se los echara de menos. En la ribera encontró una semilla. Era como el hueso de aceituna, pero más compacta, recubierta por una capa lacada y marrón. ¿Cómo habría viajado hasta allí? ¿Rodando? ¿El viento? ¿El intestino de un pájaro? Su abuela insistía en que las estrategias de los árboles para sobrevivir podían resultar sorprendentes. Pensó en el proyecto de árbol que viviría dentro, en el ser diminuto y vegetal listo para desplegarse y sintió ganas de partirla con un cuchillo para investigar. Cuando era pequeña, su madre había plantado un arbolito en el jardín y recogía la simiente para que la viera crecer. Muy pocos sobrevivían, pero seguir su proceso resultaba una aventura. Adina recordó el dolor cuando alguna semilla, hundida en el agua, intentaba asirse a la vida con unas raíces pálidas y se malograba exhibiendo un bosquecillo diminuto de moho. Cogió un trozo de tela y la metió en un vaso. De pronto recordó que, por la escasez de agua, no estaban permitidas las plantas en las viviendas y sintió un golpe de angustia por ese puño de vida. Como si la escritura fuese una manera de retenerla, buscó un cuaderno y decidió apuntar allí su evolución. Tiró dos gotas sobre el vaso y, al contacto con el agua, la semilla se hinchó como una embarazada.

Fueron días tristes en los que intentó concentrarse en sus papeles sin conseguir el tono ni lo que quería contar. Salía del texto perdida, incapaz de unir las palabras que escapaban por el garaje, acercarse a sí misma le resultaba tan doloroso como meter la mano en el agua hirviendo. La atormentaba Mijaíl y su aire de amenaza, la conciencia de su error desmesurado, estaba tan sola que a ratos hablaba con la planta.

—Hola, plantita, ¿cómo haremos para volver a casa?

Jan no terminaba de ser la solución y su entrega generosa la hacía sentirse culpable. Sin interrumpirla, la dejaba sola, pero un día ella se emborrachó tanto que no llegó a abrirle la puerta y vomitó como si estuviera desprendiéndose de una piedra. A la mañana siguiente Jan apareció en el garaje y empezó a ordenarlo todo. La metió bajo la ducha y le pasó la esponja, le lavó el pelo masajeándole la cabeza, preparó un desayuno copioso, se sentó junto a ella controlando que comiera y a medio día ya estaba el garaje limpio, las sábanas flotando en agua jabonosa, la ropa tendida sobre el techo del Lada, relucían cristales y cromos, manillares y focos con la alegría de un viaje, en el salpicadero no había papeles ni platos sucios ni cajas de cereales o calcetines desparejados, hasta el olor del tabaco de

Mijaíl había desaparecido. Con la eficiencia de un tintorero se dedicó a doblar la ropa que ya se había secado, colocó en fila los cereales y entronizó en un plato dos o tres frutas brillantes que había conseguido quién sabe dónde, arregló el grifo que goteaba y, cosa que Adina no había hecho desde que llegara, limpió el baño a fondo. Lo veía ir y venir, su espalda de coloso, los brazos fuertes, los tatuajes. Cada tanto se quitaba de la frente el pelo oscuro o, con las manos en la cintura, se detenía unos minutos para descansar. Cenaron en silencio y, aunque tenía ganas de estar sola, no se resistió, hacía mucho tiempo que nadie hacía algo así por ella, por eso cuando Jan la tomó en brazos lo dejó hacer. Qué bonita eres, le dijo antes de dormirse y ella, contra su espalda, acurrucada en su calor, soñó con Mijaíl.

—Te conozco —chillaba la cabeza—, te conozco demasiado bien, has estado soñando con ese loco, el que se ríe de ti.

Era todavía temprano. Junto a la cama había una taza de cereales y una notita de Jan que no había tenido tiempo de despedirse y ya su abuela empezaba a patrullar por el garaje, girando como el ojo de un faro.

—Mira qué bien que está todo, casi parece una casa. ¿Cuánto hace que nadie se ocupa de ti? ¿Que no te dan cariño? Eres tonta del culo. Con lo bonita e inteligente que eras. Lo que te gusta es sufrir —dijo y, roja de ira, la cabeza desapareció.

Adina pasó un rato largo en la cama. Cuando juntó fuerzas fue al baño, se acercó a la semilla que había colocado junto al ventanuco. Entraba un sol ardiente, los pájaros se reunían en bandadas como si fueran para emigrar, pronto volvería la nieve. Se pensó a sí misma en el garaje, escribiendo quién sabe qué, dialogando con una cabeza y con un hombre al que no terminaba de querer y que era tan bueno que le provocaba aburrimiento y una culpa infinita. Quizá Mijaíl tenía razón: no sabía estar sola. La semilla había estirado un brote del que salían dos alitas verdosas. Las sopló y parecieron bailar. ¿Sobreviviría al invierno? Se sentó en el váter, mientras escuchaba la orina chocar contra la taza, empezó a sollozar.

Poco a poco la relación con Jan fue consolidándose y pasaba a verla por las mañanas antes de ir a su trabajo. No parecía tener una economía boyante, pero Adina sabía cuándo cobraba porque siempre venía con regalos. Un florero, en donde se retorcían las últimas ramas de un árbol, dos pares de calcetines, un poco de carne. Ese lujo insólito casi la hizo llorar.

El resto del día, tropezando de folio en folio, redactaba como borracha, había comprendido que estaba hablando sobre ese mundo que había abandonado para siempre. ¿Qué afán la convirtió en extranjera? Quizá la historia de su abuela de joven, la muerte de su pareja y de su hijito, el solitario nacimiento de su madre. ¿Por qué no hablaba casi nunca de su madre? A eso no supo darle respuesta.

Con sus variaciones en blanco mayor, el invierno se había derrumbado sobre la ciudad y las calles eran láminas de hielo. Cuando no se oían las sirenas de los Golden Fat, había tanto silencio que le dolían los oídos. Nadie en el descampado, hasta los espacios de los traficantes yacían desiertos.

Como si supiera que tenía poco tiempo para lograrlo, la semilla había crecido en los últimos días del verano, insinuaba un arbolito que, de pronto, había perdido las hojas.

Para protegerla, hizo con una caja de cereales una casita que, ocultándola, la abrigaba. Una mañana, mientras se miraba en el espejo, se dio cuenta de que seguía hablando con la planta. Jan hacía largos viajes para llegar al garaje, si la veía escribir desaparecía. Los niños oscuros también se habían esfumado o quizá se escondían por ahí, huroneando entre las basuras.

En la carretera aparecieron carteles nuevos:

CUIDE SU CASA. PELIGRO DE OCUPACIÓN

El cielo y el infierno están a diez minutos de distancia, pensó Adina, ¿quién ocupa qué? Los edificios de lujo y los indigentes aparecían mezclados. Ese vocabulario militar, como de guerra. ¿Una ciudad sitiada? ¿Por quién? Sin duda por los turistas. Recordó los enormes edificios del centro, sus fuentes y jardines, las ventanas acristaladas a través de las cuales se veían salones fastuosos, los restaurantes y bares en los que solo los extranjeros ricos podían entrar. Nunca había visto por allí a ningún niño oscuro. En los callejones aparecían algunos temblando de frío y morían, a veces, atravesados por un carámbano que se descolgaba de una cornisa y los sorprendía durmiendo.

Bajó los dedos sobre el teclado. Su vida de niña, su madre y su abuela, la danza, ese incontrolable deseo de viajar. La visión de la espalda de su abuela escribiendo, mirando el mar. Era como si, en la espiral de una caracola infinita, ella se mirara en su abuela que miraba un punto esperanzado de luz. ¿Dónde se había quedado la esperanza?

En el baile todo era músculos y tensión, fracturas quizá, heridas y esguinces. Al escribir le sangraba el alma. Justo en ese momento Jan golpeó la puerta, dejó de teclear y se levantó para recibirlo.

Cuando ya los campos de cereales estaban cubiertos por la nieve y todos los alrededores de la ciudad parecían desiertos, se produjo la inspección de los Golden Fat. El río, que al principio se había convertido en un archipiélago de placas de hielo, era ahora un camino bruñido y cortante. No quedaban pájaros en la ciudad, las ramas muertas de los árboles se craquelaban.

Nada de esto había cambiado el ánimo de los Golden Fat, que, eufóricos, seguían patrullando en parejas. Parecían más orondos, quizá era el efecto de su ropa invernal, de sus gorros con orejeras y piel amarilla. Adina solía verlos pasar cuando retiraban a los hombres que no procreaban, no había forcejeos sino una derrota calma, nada parecía siniestro entre el olor a azúcar y la purpurina de los barrotes.

Era temprano cuando golpearon la puerta del garaje con sus porras y entraron brujuleando de aquí para allá, sorprendidos de encontrarla sola. Lo primero que hicieron fue olisquear las sábanas.

–Mmmm. Buen suavizante. ¿Recomiendas?

–¿Y Mijaíl?

–Se marchó.

–¿Marchó? ¿Bebé? ¿Catálogo?

–Lo remplacé.

–No consta.

–No nada.

–Nada de nada no.

–Lo reemplacé por este –dijo Adina nerviosa, se puso a pasar las páginas buscando la foto de Jan, pero fue incapaz de encontrarla. Mientras los Golden Fat revolvían el garaje empezó a temblar e intentó que no se le notara. Tenía que ganar tiempo.

–Elegí, pero no lo llamé todavía. Hace frío para salir.

–Ah –dijeron los dos a coro–. Tienes que. Frío frío. Nieve bonita. Amor derrite nieve. Juventud, divino tesoro, te vas para no volver. Y lanzaron una carcajada siniestra. Sabemos poemas. Edad reproductiva. Poemas de amor. Muchísimos. No estarás pensando en. Suponemos que. De ninguna manera tú. Compromiso es compromiso. Nada de perder tiempo.

–Ya sabes –repitieron los dos, y se rieron a carcajadas.

Vieron la barra y de pronto parecieron recordar, buscaron en sus libretas.

–Baile bien. ¿No?

–Baile y niños. Muy útil, tú. Sigue así.

Y, caminando hacia atrás, sacudiendo una mano, salieron del garaje.

–Fuiste tú –le dijo Adina a la cabeza–. Tú la que pusiste la foto de Jan entre las páginas del catálogo, tú la que organizaste la cita, tú la que me hiciste caer. Un hombre perfecto, claro. Si hasta parecía leerme el pensamiento. ¿Cómo pude suponer que los Golden Fat tenían una excepción a la regla? Lo hiciste para que dejara a Mijaíl. Te conozco, abuela. Y ahora, ¿qué? ¿Qué hago? Cuál es el castigo que me espera, qué querrán, no tengo nada para ofrecerles. ¿Qué pasará cuando sepan que abandoné la danza? ¿Me voy a la granja de vientres de alquiler?

La cabeza le daba la espalda, si es que se puede decir así, inmóvil miraba hacia la pared, parecía difícil mostrar tanta consternación solo con la nuca.

–Háblame, abuela, sé que has sido tú.

–Mijaíl era peligroso.

—Pero me gustaba. Era mi vida. Mucho más peligrosos son los Golden Fat.

—También tú, Adina, te pusiste a hurgar en mi vida, sacaste a la luz historias que me hacían sufrir, hundiste los dedos en mis heridas, me obligaste a recordar.

—Me enseñaste que escribir era eso: meter la nariz en los asuntos dolorosos, darles la vuelta. Sangrar. Intentar comprender.

—Es cierto. Pero nunca te dije que hacerlo fuera a salirte gratis.

—¿Y Jan, abuela? ¿De dónde sacaste esa foto? ¿Quién es? ¿Otra invención tuya?

—Es Telémaco —susurró la abuela—. Mi hijo.

—Qué tontería.

La cabeza se giró y Adina vio que su abuela estaba llorando. Como una gotera, lágrimas plateadas caían hasta el suelo. Se estremeció, pero no dejó de preguntar.

—¿Escribes tú, o escribo yo?

—Nunca se sabe del todo quién escribe —dijo la cabeza—. La verdad, la verdad, ¿qué importancia tiene? Es todo un sueño, producto de la imaginación. Un espejismo. Como el amor. ¿Acaso el amor no es siempre una fantasía?

—Dime quién es, necesito saberlo.

— Ya te lo he dicho. ¿Y me lo preguntas a mí? ¿No sabes ni con quién te acuestas?

—Das pena, por lo menos límpiate los mocos.

—No puedo, no tengo manos.

Adina sintió que se ahogaba, una mezcla de ira y piedad le impedía pensar. ¿Cuántas veces su abuela la había consolado a ella? «Ven que te limpio los mocos». La frase la devolvió a la infancia. Con una camiseta limpió la cara de su abuela y el tacto la conmovió, era más áspero que un rostro joven pero dulce a la vez, quebradizo como el celofán, y estaban tan próximas que también el olor la anegó de recuerdos.

Era demasiado. Llevaba semanas sin salir, la puerta bloqueada por la nieve. Cuando la cabeza desapareció hipando, enarboló una pala y liberó su rabia. Una hora más tarde tomaba el autobús, el metro, nuevamente el autobús hasta llegar al centro de la ciudad.

En el lago inmenso que estaba frente al antiguo palacio de gobierno habían habilitado una pista de hielo. Allí los turistas, con patines cuajados de luces y pedrería, giraban y giraban, una orquesta tocaba la alegre música del país y el tiovivo llenaba la tarde de una algarabía invernal. En la orilla, donde había estado el antiguo mercado, bajo las estructuras de hierro que antes recibían a los agricultores con sus productos, había un bar grande como un centro comercial, luces amarillentas y kioscos donde vendían cereales y bebidas fuertes. En los juegos para los niños, las parejas columpiaban a bebés rubísimos, muchos eran mellizos. Había que pagar entrada, así que se apoyó en la valla y pegó la nariz para espiar. Una niñita oscura se colocó a su lado tiritando de frío, se acercó a su cuerpo intentando robarle algo de calor. Le goteaba la nariz, y extendió las manitos moradas para que le diese algo. La pareja de Golden Fat que patrullaba con patines hizo el gesto de acercarse y la niña, atemorizada, se perdió en la oscuridad. Los Golden Fat cobraban las entradas, saludaban a los turistas, le daban a cada uno su muestra de cereales gratis. Esto tiene que ser la felicidad, pensó Adina. Pero qué felicidad tan triste.

De pronto un brazo la sostiene por detrás, le aprieta la cintura. Es Jan. ¿Cómo ha aparecido por aquí, y en el momento adecuado? Le besa una mano y, riendo, le muestra una botella que lleva dentro del abrigo. Da un trago, otro más, el alcohol le quema la garganta pero no logra olvidar a la niñita, las luces de la pista de hielo se estiran, se deforman, son manchas amarillas, Jan hunde su mano grande por dentro de su ropa, le acaricia el pecho, atraviesa la frontera del pantalón, cruza el elástico de las bragas, ella está húmeda, entregada, sorprendida, parece otro, más resuelto, brutal, bebe un trago muy largo y se estremece, siente su polla y lo ansía por primera vez, demasiada luz, susurra Jan, y la arrastra hacia un rincón, ven a casa, suplica ella, abrazados suben al autobús, del autobús al metro, los últimos borrachos dormitan y se rascan la mugre, en el autobús casi vacío no dejan de besarse. Adina abre los ojos, mira por la ventanilla, ve los ribetes del descampado, los árboles de hielo. En el reflejo sucio del cristal espejea un chico delgado, los ojos brillantes que la atraviesan, la sonrisa turbia, la postura de depredador, sorprendida observa los zapatos, el abrigo raído, las manchas, los ojos inconfundibles de Mijaíl. Mijaíl está ahí y la estudia, sonríe de medio lado, la señala, apunta con un dedo, hace como que dispara, pam, pam, pam, en su cara, en su corazón, en el vientre, la mata tres veces. Se esfuma.

Ni veinticuatro horas tardaron los Golden Fat en regresar al garaje. Aparcaron el camión y lo dejaron abierto, como si se prepararan a retirar algo, en el cinturón las esposas de felpa. Lo revisaron todo, confiscaron tonterías y, aunque no pudieron encontrar nada importante, la charla transcurrió entre amenazas, bromas siniestras, promesas estrafalarias y preguntas punzantes. Si bien no la acusaban de nada en concreto, todo hacía suponer que sabían mucho más de lo que decían y que esperaban que fuese Adina la que confesara. Era indudable, también, que Mijaíl la había delatado.

–Lindo tu pelo rubio –dijeron al marcharse–. No cortar más. Y uno de ellos sacudió como un látigo la trenza que había descubierto en una bolsa.

–Confiscamos.

–Volveremos.

Cuando se marcharon, Adina se encerró en el Lada y los dientes le empezaron a castañetear, siguió así hasta que apareció Jan, que no pudo calmarla. Se acostó junto a él y pasó horas vomitando, con el estómago convertido en una nuez. Jan le sostenía la cabeza, la abrigaba, le lavó el pelo que le caía como un estropajo. Pero no mejoró a lo largo del día y ya no podía ni oler los cereales sin vomitar.

Una semana más tarde estaba delgada y débil, y se dijo que había llegado la hora de entregarse o de encontrar alguna solución.

–¿No estarás embarazada? –le preguntó la cabeza.

–Ay, abuela –contestó Adina–. Qué culebrón.

Pero se levantó, fue a encerrarse en el baño y volvió a vomitar. Su abuela se había quedado basculando en una esquina del garaje, hasta su nuca transmitía inquietud. ¿Embarazada? ¿De quién? Lo pensó, y le provocó tanta ansiedad que no fue capaz de decirlo en alto.

Un niño rubio: Mijaíl.

Un niño oscuro: Jan.

En el baño la plantita, oculta en la caja de cereales, se contoneaba llena de vitalidad, cada vez que la sacaba de su cárcel para que tomara el aire parecía expandirse. No había podido con ella el invierno, cuando Adina quitó la caja, el tallo plateado pareció respirar. Cuidar de una semilla, pensó. Cuidarse. Cómo.

–¿Qué hago, plantita, dime? ¿Qué hago?

La respuesta era evidente:

–Un niño rubio: tendría que venderlo.

–Un niño oscuro: listo para flotar.

¿En qué caja se podría esconder ella?

–¿Cómo lo hago? –le consultó a la planta. Pero el tallo se mantuvo impasible.

–Me estoy volviendo loca –pensó Adina, mientras se lavaba los dientes.

Esa noche durmió con Jan que apareció, como siempre, en el instante más oportuno. Parecía saberlo todo sin que ella tuviera que explicar nada y, cuando por la mitad de la noche se despertó para volver a vomitar escuchó un gemido y vio que estaba llorando. ¿Jan llorando? Sí. Como una montaña, su espalda subía y bajaba con el peso de la angustia, los suspiros buscaban silenciarse para no despertarla.

–Jan –le dijo estremecida–. Querido Jan. No llores.

Pero cuando sintió la liviandad de su mano, en lugar de tranquilizarse, Jan empezó a sollozar. Adina nunca había visto derrumbarse a un coloso, lo acarició como si fuese un niño y se apoyó contra su espalda. ¿Era esto el amor? ¿Este sufrimiento, esta confianza, ese desgarro?

Así, cuerpo contra cuerpo, intentando consolarlo, vadearon los terrores de la noche y llegaron al amanecer.

–Tienes que irte, Adina –dijo él–. No tenemos tiempo.

–¿Irme? ¿A dónde?

–No lo sé. Pero si los Golden Fat ponen tanto entusiasmo en retenernos es porque en algún lugar existe algo mejor. En cualquier momento pueden venir a buscarte.

–¿Estás seguro de que hay otra cosa?

–No.

Siguieron desayunando en silencio. Adina solo pudo digerir una cucharada de cereales, en el acto volvieron las náuseas. La cabeza, que dormía con una oreja apoyada sobre el capó del coche, pareció despertarse y asentir. De pronto declamó:

–¿No querías tu libertad? Pues tómala ya, Adina, que no te queda tiempo.

–¿Estás irritada tan temprano, abuela? Y Adina corrió a vomitar.

Como si cada instante estuviera premeditado, como si para cada segundo hubiera un plan, cuando se espaciaron las náuseas Adina empezó a organizar su partida. A medio día regresó Jan, con una bolsa de ropa de deporte y unos patines.

–Es fácil que te camufles con los turistas –dijo, acariciándole la melena rubia. Pero no la miró. Y también dijo. Ya está todo listo: la planta. Llévatela.

–¿Dónde has conseguido esta ropa?

–Imagínatelo –contestó Jan.

Sin embargo, cuando se alejaron de los edificios, cuando perdieron de vista el humo de las centrales, cuando dejaron atrás la plaza y sus mendigos, cuando cruzaron el río y vieron los cereales plantados en hileras como si estuvieran repeinados, cuando la silueta de la ciudad empezó a desaparecer, sintieron un latigazo de tristeza.

–Date prisa –dijo la cabeza.

Allá lejos quizá se estuviera fraguando una primavera, pero el horizonte permanecía idéntico a sí mismo, detrás de la línea sanguinolenta pronto iba a oscurecer. Asomaban las primeras estrellas. Adina abrazó la planta, la recubrió con su ropa e intentó no pensar. El plan era simple, quizá, por eso mismo, acertado. Saltaría sobre el tren de los turistas, se colaría en un vagón, se confundiría con ellos. Cuando llegaron al puente se escondió para cambiarse la ropa.

–Eres muy valiente –le dijo Jan–. Siempre estarás conmigo –susurró también, mientras la besaba.

–La planta –le dijo por fin Adina–. Quédatela, Jan, cuídala pensando en mí.

Y la abuela recordó el largo viaje del héroe. Odiseo abandonando a su familia, Telémaco protegiendo un árbol, Adina, portadora de vida.

A lo lejos se escuchaba el lamento del tren, las sirenas de los camiones de los Golden Fat erizaron el crepúsculo, una bandada de pájaros negros desapareció en la lejanía.

–¿Qué hay más allá? –se preguntó Adina, pero no lo dijo en alto, y besó la planta, como si fuera un hijo. Tenía que prepararse. Se estiró un poco, sentada sobre el puente se calzó los patines.

–¡Corre! –suplicó Jan.

Entonces, sin mirar atrás, con la valentía feroz de la esperanza, Adina se trepó a la barandilla, dejó que su cuerpo flexible se inclinara hacia adelante, esperó a que se acercara el tren, que detuviera un poco su marcha y, cuando el lomo plateado brilló bajo el puente, precisa como una bailarina, liviana como un pájaro, saltó.

AGRADECIMIENTOS

El primer cuento de este libro, «El héroe», recrea una experiencia real en un pueblo de Guadalajara, en donde tuve una casa durante diez años. Allí conocí a Romualdo y a Paula, dos de las personas más bondadosas con las que me he cruzado, y a algunos de los personajes que pueblan la historia. Sus vidas y lo que, después de tantos años de silencio, me contaron, nutren estas páginas, pero también están trastocadas y forman parte de un universo de ficción. Este es mi pequeño homenaje.

En los inicios de la escritura me inspiré en los tres cuentos sobre Julieta, de Alice Munro, en su libro *Escapada*, luego encontré mi propio derrotero. También impactó en esta ficción *La memoria donde ardía*, de Socorro Venegas.

La redacción de estos cuentos fue interrumpida por la pandemia, y en ese paréntesis escribí dos ensayos, *Una casa lejos de casa* y *Todo lo que crece*, que de alguna manera anidaron en estas páginas.

Gracias a mis lectores y críticos habituales, Ricardo González Leandri, capaz de sobrevivir a las múltiples lecturas de mis manuscritos, Carmen Valcárcel, Javier Siedlecki, Mariana Grekoff y mis hijas Camila Paz y Julieta Obligado. Gracias, por fin, a Ken Benson y su invitación a Estocolmo, donde pude por fin terminar la historia y lograr dos días intensivos de corrección en la bella biblioteca de su ciudad. Si bien la mayoría de estas páginas ha sido redactada entre Madrid y Robledillo de la Vera, Cáceres, en un tiempo de muchos viajes, vinieron conmigo varias veces a Suiza, Portugal, México y Argentina.

Esta segunda edición de
Tres maneras de decir adiós
de Clara Obligado
se terminó de imprimir
en mayo de 2024